『失われた時を求めて』名文選

マルセル・プルースト

吉川一義 編訳

『失われた時を求めて』名文選

À la recherche du temps perdu

岩波書店

はじめに

本書は、フランスの作家マルセル・プルースト(一八七一―一九二二)の長篇小説『失われた時を求めて』(一九一三―一九二七)から、小説の筋や登場人物を知らなくても独立して読める断章を抜粋し、テーマ別に分類して一冊に編んだ選文集である。

『失われた時を求めて』に描かれた人生の諸相は、もとより多岐にわたる。家族と春の休暇をすごした少年期の想い出が語られるかと思えば、夏の海辺のリゾート地における「花咲く乙女たち」との出会いも描かれる。少年の微笑ましい初恋のかたわらには、嫉妬にさいなまれる中年男の性愛も出てくる。田園の自然が称揚される一方、パリ社交界の栄華と虚妄も執拗に描かれる。その社交場面には、ドレフュス事件をめぐるユダヤの問題、作中で「ソドム」と「ゴモラ」と呼び慣わされる同性愛も盛りこまれている。愛する女性との同居と別離、それにともなう失恋の悲嘆がしだいに癒えてゆく過程も克明に語られる。最後には、第一次大戦下のパリや、その後の社交界の変貌が描かれ、主人公がとりかかる長い物語に関する考察が展開される。これらすべてが『失われた時を求めて』であり、人生と芸術をめぐる真実が余すところなく封じこめられている。

とはいえ『失われた時を求めて』は四百字詰め原稿用紙に換算して約一万枚におよぶ大長篇であり、読みはじめたらやめられない波瀾万丈の物語というわけではない。手軽にその概要を知りたい人のために、あらすじや主要人物を紹介する概説書や、主要な場面のみを抜粋した縮約版も出ている。ただしプルーストの小説では、あらすじに大した意味はない。重要なのは、できごとそれ自体ではなく、そこにいたる過程を生きる人物の心理の分析だからである。抜粋された「縮約版」では、えんえんとつづく描写から好きな箇所を選んで味読する、長篇ならではの醍醐味が損なわれる。

本書に収められた断章は、小説のあらすじを把握する抜粋を目指していない。そうではなく、小説の筋やコンテクストとは関係なく独立して読める、人生と芸術をめぐる省察や、繊細な感性と多彩な比喩に彩られた描写を抜粋した。フランス文学には、パスカルの『パンセ』やラ・ロシュフーコーの『箴言集《しんげん》』のように、人生とはなにかを問うモラリストの伝統がある。またボードレールの『パリの憂鬱』やランボーの『イリュミナシオン』のような、散文詩の伝統も存在する。本書の断章は、そのような伝統を刷新するプルーストの、独創的な箴言として、あるいは感性ゆたかな散文詩として、じっくり味読できる箇所を選んだ。なお、箴言や詩的散文の範疇にはいらないが、フェルメールの名画『デルフトの眺望』を眺めつつ息絶える作家ベルゴットや、戦時下の男娼館で鞭打たれる同性愛者シャルリュスなど、作中の有名な断章の一部も収録した。また作中人物の滑稽な発言もいくつか採りあげた。読書中の息抜きに楽しんでいただけるのではないかと思う。

プルーストの文学を堪能するには、結局のところ、性急に物語の筋を追おうとせず、文章をその襞《ひだ》にわけ入るように味わいつつ、ゆっくり読み進めるほかない。主題別に八章にわけて配置したこれらの断章は、はじめてプルーストに接する読者にも、熱心なプルーストの愛読者にも、それぞれの関心に応じて『失われた時を求めて』の神髄を味わっていただけるものと信じる。

第Ⅰ章「生と死」および第Ⅱ章「家族と友人」には、人間と社会をめぐる断章を配置した。その主題は、少年期をはじめ、友情と嘘、病気、老い、死など、人生のあらゆる局面におよぶ。第Ⅲ章「愛と性」には、『失われた時を求めて』の中心を占める恋愛をめぐり、恋の発端から失恋の悲嘆と忘却にいたるまでの箴言や、同性愛をめぐる断章を集めた。

第Ⅳ章「社交界・戦争・先端技術」には、小説の主たる舞台である社交界と、そこで話題になる政治、外交、戦争などに関する断章を選んだ。当時の先端技術である電話・写真・飛行機などをめぐる断章も、作家独自の演出によって効果的に提示されている。

第Ⅴ章「花鳥風月」と第Ⅵ章「音・匂い・名」には、天気や自然にまつわる精細な描写をはじめ、聴覚(音や名)、嗅覚(匂い)、味覚(美食)など、さまざまな感覚が想起する断章を収めた。いずれもプルーストらしい大掛かりな比喩を駆使して描かれた一節である。それに加えて、サンザシなどさまざまな花をめぐる多彩な文章や、鳥をめぐる興味ぶかい断章を配置した。
第Ⅶ章「認識と忘却」には、記憶と忘却、無数の自我、時間と空間など、人間の認識のさまざまな局面をめぐるプルースト特有の考察を収めた。『失われた時を求めて』は、小説がいかに執筆されるに至ったかを描く物語でもあり、文学と作家、芸術と芸術家、読者、批評にまつわる深遠な省察にもこと欠かない。それらの断章を最後の第Ⅷ章「文学と芸術」に収録した。

目次には、各章のより詳しい主題をしめす中見出しとその頁数も掲げた。長篇を読みとおす時間がなくても、興味のおもむく項目を開けば、わずか数分で、その主題をめぐるプルーストの余人の追随を許さぬ表現や、独創的な考察にゆき着けるはずである。

各断章の冒頭には、編者の判断で簡単な見出しをつけ、必要な場合には〔　〕内に前後の文脈を補った。それぞれの断章は、できるかぎり原文を省略することなく収録した。ただし一部、本筋から外れる言及を省略したり、コンテクストの理解を助けることばを補ったりした箇所がある。編者が介在した箇所はそれぞれ〔　〕で示した。抜粋した断章末尾には、『失われた時を求めて』の各篇や各部の名称ないし略称と、拙訳（岩波文庫版、全十四巻）の巻数と頁数を「①九一―九三」のように記した。

たいていの断章は、すでに記したように、長篇の筋や登場人物を知らずとも理解できるはずである。しかし念のため巻頭に、「『失われた時を求めて』の全巻構成」および「主な登場人物」と

「主な架空地名」の簡単な説明を掲げた。適宜参照して、本書の理解に役立てていただければ幸いである。

岩波文庫版『失われた時を求めて』各巻の表紙カバーには、プルーストの描いたデッサンを配した。プルーストのいたずら書きは、ほかにも興味ぶかいものが数多く残されている。そのなかの八点を選び、各章の扉の挿絵とした。出典は巻末の「図版一覧」に記したが、草稿帳に記された一点を除き、すべて友人レーナルド・アーンへの手紙に添えられたいたずら書きである。デッサンの多くには、プルースト自身のキャプションが（多くはデフォルメされた綴り字で）添えられている。扉の裏には、各章の概説とともにデッサンとキャプションに関する簡単な解説を掲げた。

収録断章のなかで言及された画や百科項目などには参考図版を添えた（図1から図17）。それとはべつに、本文と直接関係するわけではないが、プルーストの時代の雰囲気を伝える画や写真をところどころに収録した（計八点）。マドレーヌ・ルメール（一八四五―一九二八）は、当時の社交サロンの主宰者で（『失われた時を求めて』のヴェルデュラン夫人のモデル）、プルーストの初期文集『楽しみと日々』（一八九六）にさまざまな花の挿絵を寄せた。ジャン＝エミール・ラブールール（一八七七―一九四三）は、ガリマール刊豪華版『花咲く乙女たちのかげに』（一九四六）などに多数の画を描いた挿絵画家である。

『失われた時を求めて』の全巻構成

（　）内に本書での略称と、岩波文庫版での収録巻を①②……で示す。その下に各巻の概要を記す。

第一篇　スワン家のほうへ

コンブレー　（コンブレー①）少年期の春をすごした田舎町

スワンの恋　（スワンの恋②）スワンのオデットへの恋と嫉妬

土地の名―名　（土地の名②）土地の名と娘ジルベルトへの憧憬

第二篇　花咲く乙女たちのかげに

スワン夫人をめぐって　（スワン夫人③）結婚後のスワンとオデット。ジルベルトへの初恋

土地の名―土地　（花咲く乙女④）花咲く乙女たちと出会った海辺の夏

第三篇　ゲルマントのほう

一・二　（ゲルマント⑤⑥⑦）パリ社交界の名門ゲルマント家への夢想と幻滅

第四篇　ソドムとゴモラ

一・二　（ソドムとゴモラ⑧⑨）男性同性愛（ソドム）と女性同性愛（ゴモラ）をめぐる実態と疑念

第五篇　囚われの女　（囚われの女⑩⑪）恋人アルベルチーヌとの同居生活

第六篇　消え去ったアルベルチーヌ　（消え去ったアルベルチーヌ⑫）恋人の失踪と死、および忘却

第七篇　見出された時　（見出された時⑬⑭）社会の変貌と文学執筆の抱負

主な登場人物

（アルベルチーヌ以下は五十音順）

「私」と家族

私　意志薄弱で、作家志望。スワンの娘ジルベルトに初恋、ゲルマント公爵夫人に憧れて社交界に出入り。恋人のアルベルチーヌと同居するが、恋人は失踪して死亡。小説末尾で、念願の小説にとりかかる。

母親と祖母　教養ゆたかな優しい女性。

父親　現実主義者の高級官僚。

レオニ叔母　「私」の祖父の従姉妹《いとこ》の娘。病気がちでコンブレーの寝室から出ない。

アルベルチーヌ　バルベックの海辺で出会った娘。恋人として「私」と同居。落馬事故で亡くなる。

ヴァントゥイユ　コンブレーの郊外モンジュヴァンに住む元ピアノ教師。死後、大作曲家だとわかる。

ヴァントゥイユ嬢　モンジュヴァンで「私」は娘の同性愛シーンを目撃する。

ヴィルパリジ侯爵夫人　「私」の祖母の学友。そのサロンはゲルマント一族のなかでは三流とされる。

ヴェルデュラン夫人　スワンとオデットが毎日のように会っていたブルジョワ・サロンの主宰者。

エルスチール　バルベックの海辺にアトリエを構える印象派の画家。

オデット　多くの愛人を持つ元粋筋の女《ココット》。スワンと結婚し、夫の死後にフォルシュヴィル伯爵と再婚。

ゲルマント公爵　名門ゲルマント家の当主。背の高い美男。多くの愛人をつくる。

ゲルマント公爵夫人　パリ社交界随一の貴婦人。当意即妙の発言で「ゲルマントの才気」を体現する。
ゲルマント大公妃　ゲルマント公爵夫人の従姉妹。
コタール　医者、のちにパリ大学医学部教授。ヴェルデュラン夫人のサロンの常連。
サン＝ルー侯爵(ロベール)　ゲルマント家の貴公子。軍人。「私」の旧友で、のちにジルベルトと結婚。
シャルリュス男爵　ゲルマント公爵の弟。鋭敏な知性と感性を誇る傲慢な大貴族。同性愛者。
ジュピアン　元チョッキの仕立屋。シャルリュス男爵の愛人。戦中には男爵のために男娼館を経営。
ジルベルト　スワンとオデットの娘。「私」の初恋の相手。のちにサン＝ルー侯爵と結婚。
スワン(シャルル)　ユダヤ系株式仲買人の息子。教養ある社交人。オデットへの恋に苦しみ、のちに結婚。
ノルポワ　元フランス大使。老練な保守主義者。
パルム大公妃　パルム大公(パルマ公国の君主)の娘で、従兄弟《いとこ》である大公と結婚。
フォルシュヴィル伯爵　オデットをめぐるスワンの恋敵。
フランソワーズ　「私」の家の女中。
ブリショ　ソルボンヌの倫理学教授。ヴェルデュラン夫人のサロンの常連。
ブロック　「私」の旧友。ユダヤ人。尊大な文学青年だったが劇作家として成功する。
ベルゴット　「私」が青少年期に心酔した大作家。晩年は病気がちで作品を発表しない。
モレル　美青年のヴァイオリン奏者。シャルリュス男爵が恋焦がれる。
ルグランダン　コンブレーに別荘をもつ技師。スノッブ。少年を愛する。

主な架空地名

ヴィヴォンヌ川　コンブレーの郊外を流れる小川。

ゲルマントのほう　コンブレー近郊の散歩道。ゲルマント家の城館に至る。

コンブレー　「私」が少年時代に春の休暇をすごした田舎町。

サン゠タンドレ゠デ゠シャン　コンブレーの郊外。伝統的フランスを象徴する教会が所在。

ドンシエール　軍人サン゠ルーの駐屯地。「私」はそこにサン゠ルーを訪ねた。

バルベック　ノルマンディー・ブルターニュ地方の海辺の保養地。

メゼグリーズのほう（スワン家のほう）　コンブレー近郊の散歩道。スワン家の別荘の前を通る。

モンジュヴァン　「私」がヴァントゥイユ嬢の同性愛シーンを目撃した地。

目次

I

生と死

La vie et
la mort

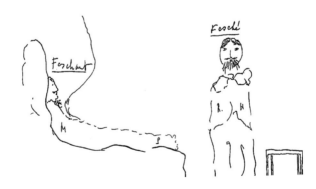

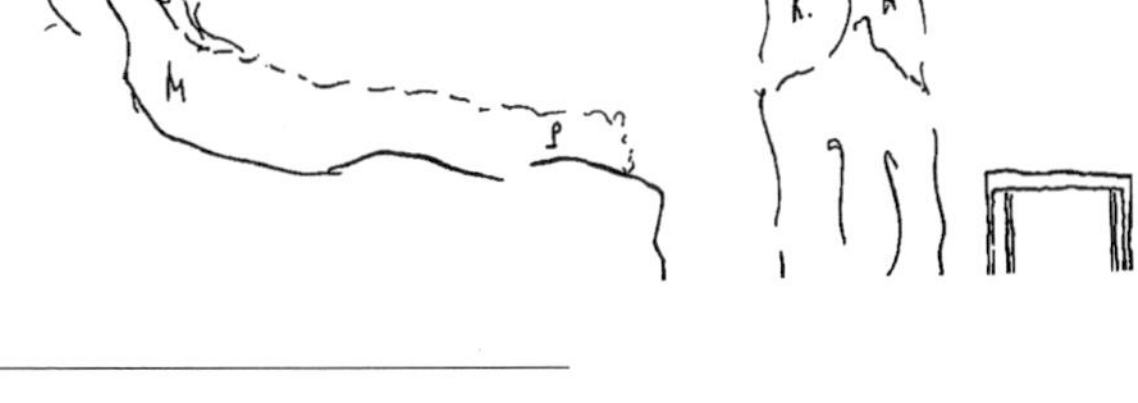

第Ⅰ章「生と死」には、人生のさまざまな局面に関する『失われた時を求めて』の箴言を収める。少年期や青春期の特徴とは？　大人になる意味とは？　日常生活を支配する習慣の功罪とは？　一日の半分を費やす眠りの実態とは？　これらの問いにプルーストは常識を覆す回答を提示する。人生で直面せざるをえない病気、老い、死をめぐる作家の省察は、とりわけ深く辛辣である。最後に、来世と復活に関する断章を加える。

第Ⅰ章扉絵「「怒らせる」プルーストと「怒った」アーン」
左手に横たわり「怒らせる」Faschant（正規の綴りはFachant）と形容されているのは、マルセル・プルースト（MPのイニシャル）。右手に立ち「怒った」Fasché（正規にはFaché）のは、プルーストの友人レーナルド・アーン（RHのイニシャル）。

人生とは

少年期の想い出（母からのお寝《やす》みのキスを奪われたときの悲しい想い出）

父がお母さんに「この子といてやりなさい」などと言うことができなくなってからも、長い歳月がたつ。そのような時間がふたたび私に生じることは二度とないだろう。しかし、父の前ではなんとか堪えて、お母さんとふたりきりになってようやくどっと溢れだしたすすり泣きの声が、ほんのしばらく前から、じっと耳を澄ますと、ふたたびはっきりと聞きとれる。実際には、このすすり泣きはけっして止むことはなかったのである。それが私にあらためて聞こえてくるのは、いまや私のまわりの生活がいっそう静まりかえったからにほかならない。それは修道院の鐘の音が、昼間はすっかり街のざわめきにかき消され、鳴っていないのかと思えても、日が暮れたあとの静寂のなかでふたたび鳴りはじめるのと同じである。

コンブレー ①九一—九三

少年期の自然はなおも生き残る

たしかにこの自然の一角、たとえば庭の片隅にしてみれば、しがない一通行人たる夢みる少年に長いこと眺められたおかげで——群衆にまぎれた一介の回想録作家に見つめられた国王と同じで——、まさかその少年のおかげでじつにはかない自分の特徴が生き延びることになるとは想いも寄らなかったであろう。しかし生け垣沿いにただようサンザシの匂いもやがて野バラにあとをゆずり、小道の砂利を踏みしめる足音もなんら反響がなく、川の水が水生植物にあたって生じる泡もすぐに破裂するとき、それらをすくいあげて継起する幾星霜を越えさせたのは私の昂揚のなせるわざである。

コンブレー ①三九〇—三九一

スワンに憧れた少年期

スワンといえば、私はそのマネをしようと、食卓でたえず自分の鼻をひっぱったり、両目をこすったりしていた。そこで父は「ばかな子だ、見るにたえない顔になるぞ」と言ったものである。私がとくに願ったのは、スワンと同じように頭が禿げることだった。

土地の名 ②四八七—四八八

思春期

当時の私のばかげた年齢——思春期という、ちっとも不毛ではなく、じつは豊饒な年齢——の特徴は、知性の言うことには耳を傾けず、人間のどんなに些細な属性をもその人物の切り離しえない一部と考えてしまうところにある。さまざまな怪物や神々にとり巻かれ、心の落ち着く間《ま》はほとんどないのだ。そのころにやった行為で、あとで取り消したいと思わないものはほとんどひとつもない。ところが心残りに思うべきは、その反対に現在のわれわれには、そのような行為に走ったときの自然な反応の持ちあわせがもはやないということである。人は年齢を重ねると、ものごとをいっそう実務家の目で、社会のほかの人たちと完全に同調して眺める。しかし思春期こそ、人がなにかを学びとったといえる唯一の時期なのだ。

花咲く乙女 ④二〇四―二〇五

青春の試行錯誤（エルスチール画伯の助言）

「どんなに賢明な人でも、青春のある時期に、想い出しても不愉快で抹消したくなるようなことばを口にしたり、そんな人生を送ったりしなかった者など、ひとりもありません。しかしそれはひたすら後悔すべきものでもないんです。まずはありとあらゆる滑稽な人、忌まわしい人になったあとでなくては、なんとか曲がりなりにも最終的に賢人になどなれるわけがありません。〔……〕人間は、他人から叡知を受けとるのではなく、だれひとり代わりにやってもくれず逃れることもできない道程の果てに自分自身で叡知を発見しなければならないのです。」

花咲く乙女 ④四七七―四七八

夢想にふけりがちな人への忠告（エルスチール画伯の発言）
「夢想にふけりがちな人は、夢から遠ざかったり夢を制限したりしてはいけません。あなたが夢から頭をそらそうとするかぎり、頭は夢を知ることができません。夢の本性を理解できないうちは、ありとあらゆる見せかけに翻弄されるでしょう。すこし夢みるのが危険だというなら、それを治してくれるのは、夢の量を減らすことではなく、もっとたくさん夢を見ること、夢の総体を自分のものにすることです。」

花咲く乙女 ④四三六

大人になるとは
命令に従っているときは、くる日もくる日も未来はわれわれの目に隠されているが、それをやめたとたん、ようやく人は本格的に大人として、人生を、めいめいの意のままになる唯一の人生を生きはじめる［……］。

ソドムとゴモラ ⑨一七六

大人は見て見ぬふりをする（コンブレーの少年時代を回想して）
このような〔祖父に蒸留酒を勧める〕大叔母の祖母への仕打ちといい、祖母が祖父の手から蒸留酒のグラスをとりあげようと懇願しても甲斐がなく、のっけから諦める無力な対応といい、それらは大人になれば見慣れた光景で、ふつうなら笑ってすませたり、迷うことなく喜んでいじめる側についたりして、これはいじめではないと自分を納得させるだけのことである。だがそのときの私は、とても恐ろしくなり、大叔母をひっぱたいてやりたい気持だった。とはいえその後は「〔……〕早く止めに来ないと、旦那さんがコニャックを召し上がっちゃいますよ!」という声が聞こえると、卑怯なところだけはすでに大人だった私は、苦痛や不正を目の当たりにした大人がだれしもするようにした。つまり、それを見ないふりをしたのである。

コンブレー ①四二―四三

知的人生は「もっとも波瀾万丈」

私が人生と言うのは、われわれが並行して送っているさまざまな人生のなかで、もっとも波瀾万丈で、もっともエピソードにあふれた人生、つまり知的人生のことである。

コンブレー ①三九〇

「習慣」は便利（散歩から疲れ果てて帰宅したとき）

この瞬間から、もはや私はひと足たりとも歩む必要はなくなる。地面が私のために庭のなかを歩いてくれるためで、庭ではずいぶん前から私の行為に意識的な注意力が伴わなくなっているのだ。「習慣」が私を両腕にだきかかえ、小さな子供のようにベッドまで運んでくれるのである。

コンブレー ①二五八

几帳面で愛想がいいのは「習慣ゆえ」

母は、〔外交官のノルポワ〕氏が多忙の身であるにもかかわらず几帳面で、有力者に顔が広いにもかかわらず愛想がいいのに驚嘆していたが、それはこの「にもかかわらず」がつねに「だからこそ」の理解されない形であることに気づかなかったからであり、また〔老人が歳のわりに驚くほど元気だったり、王様がじつに気さくだったり、田舎の人が諸事万端に通じていたりするのと同じで〕、ノルポワがあれほど多くの用事を片づけながら手紙にはきちんと返事をしたため、社交界で人気を博しながら私たちの家族にも親切にしてくれるのは、いずれも身についた同じ習慣ゆえだということに考え及ばないからだ。

スワン夫人 ③三六

「習慣は人を愚鈍にする」

習慣は人を愚鈍にするほかなく、われわれの生涯の全期間にわたり、世界のほとんどすべてをわれわれの目から覆い隠し、深い闇のなかで、人生の最も危険な、あるいは最も陶酔をさそう毒物を、そのラベルはなんら変えずに、なんの悦楽ももたらさない無難なものにとり替えてしまう。

消え去ったアルベルチーヌ ⑫二八一

怠け癖が治らない理由（アルベルチーヌと同居していたとき）

私はアルベルチーヌに、いっしょに出かけなければ仕事にとりかかる、と約束していた。ところが翌日になると、ふたりが眠っているのに乗じて家がまるで魔法の旅にでも出たかのように、私はべつの天気、異なる気候のもとで目を覚ました。新しい国に上陸したときには仕事など手につかない。そこの環境に順応しなければならないからだ。ところが私にとっては毎日がそれこそ異国であった。私の怠け癖にしても、そのつど新たな様相をまとってあらわれると、どうして私にそれが怠け癖だと認められるだろう？　あるときは回復の見込みなしと言われるような悪天候の日々でも、しとしとと降りつづく雨に家のなかに閉じこめられているだけで、船旅さながらの興趣をそそられ、滑るような心地よさ、心安らぐ静寂が味わえる。べつのときはよく晴れた日で、ベッドにじっと寝ていると、木の幹がするように自分の周囲にぐるりと影をめぐらした気分になる。さらにべつのときは、近隣の修道院から最初の鐘の音が聞こえてくると、そのまばらな音は早起きの信心ぶかい女たちを想わせ、暗い空をかすかに白く染めて降りそそぐ不安定なあられのようなその音が、なま温かい風に溶けて吹き散らされると、すでに荒れ模様で、波乱含みの、心地よい一日のはじまりが感じられ、そんな日の屋根は、ときおり驟雨《しゅうう》に濡れても、ひと吹きの風やひと筋の光がそれを乾かしてくれるあいだ、雨の滴《しずく》をハトの声のようにくうくうとしたたらせ、風向きがふたたび変わるまで、虹色をもたらす束の間の陽光をあびて、ハトの胸のごとく玉虫色に映えるスレートを羽繕いしたように輝かせる。このような日には天気がめまぐるしく変わり、大気にもささやかな異変が生じて雷雨にも見舞われるおかげで、怠け者といえどもその日を無駄にしたと思わないですむ。というのも大気が、自分を抜きに、いわば自分に代わってくり広げてくれた活動に興味をそそられたからである。このような日に似ているのは暴動や戦争のときで、そんな時間は学校を休んだ小中学生にとっても空疎なものとは思われない。というのも、裁判所の周囲を見たり新聞を読んだりすれば、やるべき勉強をしなかったかわりに、発生した事件のなかに知性も豊かになり怠けた言い訳にもなるものが見出せる気がするからである。このような日に比べられるのは、最後になるが、われわれの人生になにか例外的な危機が生じる日で、それまでなにもしなかった怠け者は、この危機さえ首尾よく切り抜けられれば勤勉な習慣が身につくものと想いこむ。たとえば怠け者が、ことのほか危険な条件でおこなわれる決闘に出かける朝などを考えてみればよい。命を奪われかねないそんなとき、突然、人生が価値あるものに映り、この人生を活かして作品に着手することもできたはずだし、せめてあれこれ楽しみを味わうこともできたはずなのに、なにひとつ人生を享受するすべを知らなかったと悟って、こう考える、「もしも殺されずにすんだら、すぐさま仕事にとりかかろう、そしてうんと楽しもう！」それもそのはず、怠け者の目に、人生は突如として以前よりも大きな価値を帯びて見えたのだ。というのも人生のなかに、ふだん自分が人生に求めているごくわずかのものではなく、いまや人生が与えてくれそうな最大限のものを詰めこんだからである。人生を、自分の願望のままに見てしまい、自分にも送れそうだと経験上わかっている凡庸なものとしては見ていないのだ。人生は、たった今、さまざまな仕事や旅行や山登りなど、ありとあらゆるすばらしいもので満たされ、この決闘が忌まわしい結末を迎えればすべては不可能になってしまうと男は考えるのだが、それはいずれも、決闘がもちあがる以前から、たとえ決闘など起こらなくてもつづいていたにちがいない忌まわしい習慣のせいで、すでに不可能になっていたものなのである。くだんの怠け者は、かすり傷さえ負わず家に戻ってくる。しかしさまざまな楽しみや遠出や旅行など、死によって永久に奪われるのではないかといっときは心配したあらゆることがらに、以前と変わらぬ障害を見出すのだ。それらを奪われるには、生きているだけで充分なのだ。仕事のほうは——異例の状況といえども、人のうちに以前から存在していたものを、つまり勤勉家の場合には辛い仕事を、無為な人の場合には怠け癖をそれぞれ刺激する結果になるだけなので——休んでしまうだけである。私はこの男と同じようにした。つまりかつて執筆にとりかかろうと決心して以来つねにそうしてきたようにしたのである。この決心は、ずいぶん以前にしたものだが、それが昨日のことのように思われたのは、私がくる日もくる日も毎日をなきものとみなしていたからにほかならない。

囚われの女 ⑩一七七—一八〇

人間の自己欺瞞

想い出していただきたいのは、愛人に裏切られつづける多くの男がそれでも相手の愛情を信じていることである。さらにあらゆる人に言えることだが、慰めるすべのない夫が先立たれた愛妻に想いを馳せるとき、芸術家が享受できる未来の栄光を想いうかべるときには、たとえ不可解でも死後の生を期待するものだが、ひるがえって冷静な頭で過去に犯した過ちを考えるときには、死後もその過ちを償うことよりはむしろ死後には安心できる虚無を望むものである。さらに考えていただきたいのは、観光客が、その日その日は退屈しか感じなかった旅行でも、全体としてはすばらしい旅行だったと感激していることである。

スワン夫人 ③一二七―一二八

人生への愛着は「古い肉体関係」

私がアルベルチーヌを愛するのをやめたのは会うのをやめたからであり、私が自分を愛するのをやめなかったのは、私と自分自身との日常的な絆がアルベルチーヌとの絆のように断ち切られることがなかったからである。ところがもし私の肉体との絆が、つまり私自身との絆が、同じように断ち切られたらどうなるのだろう？　間違いなく同じようになるだろう。われわれの人生への愛着なるものも、われわれが厄介払いするすべを知らぬ非常に古い肉体関係にほかならない。その愛着の力は、その恒常性にある。しかし死は、その愛人関係を断ち切ってしまうことによって、不滅を願うわれわれの欲望を治してくれるだろう。

消え去ったアルベルチーヌ ⑫五〇五

人生は小説よりも奇なり?

そもそも頭のいい人たちは、人生を無為にすごしたことの慰めや、もしかすると言い訳のために、この無為があればこそ芸術や学問が授けてくれるのと同じく興味ぶかいことが知性に授けられたのだと想いこみ、「人生」はどんな小説よりも奇なりで、興味ぶかい数奇な状況を提供してくれると考えがちで、スワンもそんな範疇の人間だった。

スワンの恋 ②三三―三四

人生の格闘で硬化した顔(バルベックでの乙女たちとの交友に際して)

ある年齢を越えると顔のうえに柔軟な変化をもたらさなくなり、人生の格闘で硬化した顔は永久に闘う者の顔になったり惚《ほう》けた顔になったりする。ある顔は――夫の言いなりになる妻の不断の服従心によって――女の顔というより兵士の顔に見える。べつの顔は、母親として毎日子供のために甘受してきた犠牲が彫り刻まれて使徒の顔になる。さらにべつの顔は、長年にわたる試練と波乱をへて老練な船乗りの顔になり、着ているものでようやく女だとわかるにすぎない。

花咲く乙女 ④五六一―五六二

執着することの意義（死期の近いスワンの言葉）

ものごとにもはや執着しなくなっても、それに執着したという経験にはそれなりの意味があるものです。

ソドムとゴモラ ⑧二三七

眠り

睡眠の重要性

眠りのなかに浸すのでなければ人間の生活を充分に描くことなどできない。

ゲルマント ⑤一八一

睡眠とは

この主人から強いられる務めを、われわれは目を閉じて果たす。そして朝になると、この主人はわれわれをべつの主人のもとへ送りかえす。そうしないとわれわれがべつの主人の命じる務めを果たせないことを承知しているからである。この主人はそんな慌ただしい労苦へと追いやる前にまず自分の奴隷たちを寝かしつけるのだが、この主人のもとでわれわれ奴隷が実際なにをしたのかを知りたくなった最も抜け目のない者たちは、われわれの精神が目を開け、睡眠の務めが終わりかけた瞬間、秘かにその実態を見極めようとする。しかし睡眠は、そんな抜け目なき者たちとスピードを競い、その者たちが見極めたいと思うものを跡形もなく消してしまう。というわけで何世紀も経つというのに、われわれは睡眠について大したことを知らないのである。

見出された時 ⑬八六―八七

眠りと目覚め

〔睡眠という〕この第二のアパルトマンに住まう種族は、最初の人類と同じく両性具有者《アンドロギュノス》である。そこでは男がしばらくすると女のすがたであらわれる。事物も人間になり変わる能力を備えているし、その人間も、友人にもなれば敵にもなる。眠っている人にとって、こうした睡眠中に流れる時間は、目覚めている人間の生活がくり広げられる時間とは根本的に異なる。ときには時間の流れがひときわ速まって、十五分がまる一日にも感じられる。ときにはその流れが一段と長くなって、ちょっとひと眠りしただけだと思っていても、まる一日眠っていたということもある。こうしてわれわれが睡眠の二輪馬車に乗せられて深淵へ降りてゆくと、もはや想い出はこの馬車には追いつけず、精神はその深淵の手前でひき返さざるをえない。睡眠の車につながれた馬は、太陽の車につながれた馬と同じで、もはやなにものも止めることのかなわぬ大気圏のなかを一定の足どりで進んでゆくので、われわれとは無縁な隕石のようなものが落ちてくるだけで（いかなる

「未知なる者」によって青空から投下されたのか？）、規則正しい睡眠はかき乱され（睡眠は、そうした邪魔がなければ歩みを止める理由はなく、いつまでも同じ動きでつづいてゆくだろう）、その歩みはいきなりねじ曲げられ、現実のほうへとひき戻され、生活に隣接するさまざまな地帯――変形されていまだ茫漠としているとはいえすでに微かに感じられる生活のざわめきの音を、眠っている人が耳にする地帯――を一足飛びに通りすぎたうえで、いきなり目覚めへと着地する。すると、そうした深い眠りから夜明けの光のなかに目覚めた人は、自分がだれなのかもわからない。それまで生きてきた過去が頭脳からそっくり消え失せ、自分が何者でもなく、真《ま》っ新《さら》な、なにでもなれる状態にあるからだ。この状態がさらにひどくなるのは、目覚めへの着地がいとも短兵急におこなわれ、われわれの睡眠中の想念が、忘却によって覆い隠されてしまい、眠りが終了するまでにすこしずつ戻ってくる余裕のないときであろう。そんなとき、みずから通過してきたと思われる（とはいえわれわれがいまだにわれわれと言うことさえない）真っ暗な雷雨のなかから、まるで墓石の横臥像のように、なんの想念も持たずに出てきたすがたは、いわば中味を欠いた「われわれ」であろう。この人とも物ともつかず、なにひとつ知らない存在は、この存在のために駆けつけてきた記憶が意識なり人格なりをとり戻してくれるまで、いかなる鉄槌を受けたがゆえにこのような茫然自失のていでいるのだろう？

ソドムとゴモラ ⑨三〇〇―三〇二

睡眠は記憶に影響するのか

私がつねづね言ってきたこと――そして自分の経験で実証してきたこと――、それは睡眠こそいちばん強力な睡眠薬であるということだ。二時間ほどぐっすり眠って、多くの巨人たちと格闘し、あまたの人たちと永遠の友情を結んだあとでは、ヴェロナル〔当時の睡眠薬〕を何グラムも飲んだあとよりも、目を覚ますのがはるかに困難である。それゆえ、この両方の場合を考えあわせていた私は、〔……〕睡眠薬によっておこる記憶の特殊な変形をめぐる〔哲学者〕ベルクソン氏の考えを知って仰天した。〔……〕ベルクソン氏は〔……〕言ったらしい、「睡眠薬は、ときどき適量を飲むのであれば、われわれのうちにしっかり根づいている日常生活における堅固な記憶にまで影響をおよぼすことはありません。しかし、それとはべつの記憶、もっと高次の、ただしはるかに不安定な記憶もあるのです。私の同僚のひとりに、古代史の講義をしている学者がいます。この同僚が私に語ってくれたのですが、前の晩に睡眠薬を一錠飲んだところ、講義中、必要なギリシャ語の引用がなかなか想い出せなかった。ところがその錠剤を処方した医者は、それが記憶に影響を与えることはないと断言したらしい。すると歴史家はその医者に、相手をあざ笑うような高慢な口調で「そりゃあなたにはギリシャ語の引用をする必要がないからかもしれませんね」と答えたそうです。」〔……〕私自身の個人的な体験を言わせてもらえば、結果はむしろ逆であった。ある種の睡眠薬を服用して寝たあとに生じる翌日の忘却は、自然にぐっすり眠った夜のあいだに生じる忘却と、部分的にではあるが虚をつかれるほど似ている。ところが、どちらの場合でも私が忘れてしまうのは、「ツィンバロム〔東欧の打弦楽器〕のように」私にまとわりつくボードレールの詩句ではなく、さきに挙げた哲学者たちのだれかが提唱する概念でもなく、むしろ――私の睡眠の場合は――私をとり巻く卑近な事物の現実そのものであって、その現実が知覚されないせいで私は常軌を逸した人間になっている。さらに私が忘れてしまうのは――私が人為的な睡眠のあと目覚めて外出する場合――、ポルピュリオスやプロティノス〔三世紀のネオプラトニズムの哲学者〕の体系ではなく、それについてはべつの日と同じように論じることができるのにたいして、むしろ約束していた招待への返事で、その記憶こそ跡形もなく消失して完全な空白になっている。高尚な考えは元のまま残っているのにたいして、睡眠薬のせいで使いものにならなくなったのは、些末なことがらにおける行動力、すなわち、日常生活の想い出をとり戻して然るべきときに再把握しなければならないことがらにおける行動力である。頭脳が破壊されたあとの死後の生についてはどんなことでも言えるが、私としては頭脳がなんらかの変質をこうむるたびに、断片的な死が生じているのだと指摘したい。われわれはあらゆる想い出を所有しているが、そのすべてを想い出す能力を欠いているだけだと、ベルクソン氏に依拠してノルウェーの大哲学者〔作中人物〕は言ったが、〔……〕しかし想い出すことのできない想い出とはなんであろう？　さらに立ち入って考えてみよう。われわれはすべてを想い出すわけではないがこの三十年の想い出にどっぷり浸かっているというのなら、なぜ三十年にかぎる必要があるのだろうか？　以前の生をなぜ誕生以前にまで延長してはいけないのだろう？　私には自分の背後にある一部の想い出がそっくり欠け落ちていて、それが見えず、それを自分のもとへ呼び寄せる能力が欠けているのだとすると、この私のあずかり知らぬ膨大な集合体のなかに、私の人生以前にまでさかのぼる想い出が含まれていないとだれが言えよう？　私が想い出さない大量の想い出を自分のなかや周りに所有することができるというのなら、この忘却は（私にはなにも見えないのだから少なくとも事実上の忘却であろう）、私がべつの人間の身体のなかや、さらに言えばべつの天体において生きた人生にまで及んでいる可能性がある。同じような忘却がすべてを消し去るのだ。だがそうだとすると、ノルウェーの哲学者がその実在を肯定していた魂の不滅とはなにを意味するのだろう？　いまの私であるこの人間が、私の誕生以前の私のことを想い出さないのと同じように、死後に私がなりうる存在は、私の誕生以来そうであるこの人間をもはや想い出すわけがないだろう。

ソドムとゴモラ　⑨三〇六—三一〇

睡眠は失せやすい

人が習慣をよそへ移したりすると、もはや固定されなくなった睡眠は、蒸気のように消え失せる。睡眠は、青春や恋のようなもので、消えると二度と見つからない。

囚われの女　⑩二七五

恋人の眠り（アルベルチーヌと同居中）

アルベルチーヌが不在のときにしか夢見る能力を発揮できずにいた私も、睡眠中に植物と化したようなアルベルチーヌのそばにいるときにはその能力をとり戻すことができた。そんなわけでアルベルチーヌの眠りは、愛の可能性をある程度まで実現してくれたのである。ひとりでいると私はアルベルチーヌに想いを馳せることはできるが、相手は不在で、その相手を所有することはできない。アルベルチーヌが目の前にいると話しかけることはできるが、私はうわの空でじっくり考えることはできない。アルベルチーヌが眠ってしまうと、私はもはや話しかける必要がなく、相手から見つめられていないことがわかるので、自分の表面だけで生きる必要がなくなる。アルベルチーヌは目を閉じて意識を失ってゆくうちに、知り合ったその日から私を失望させてきたさまざまな人間的属性をひとつまたひとつと脱ぎ捨てていった。いまやアルベルチーヌのなかに息づいているのは、植物に宿るような、木々に宿るような意識のない生命で、私の生命とはずいぶんかけ離れた、はるかに奇妙な生命でありながら、それでいていっそう私のものとなる生命である。ふたりで話しているときのように、アルベルチーヌの自我が、秘められた想いやまなざしという出口からたえず外に漏れてくる、などということはない。アルベルチーヌは、外部に存在していた自己のすべてをその身に呼びもどし、おのが身体のなかに自己をかくまい、閉じこめ、凝縮したのである。そんなアルベルチーヌをわが目におさめて両手に抱きかかえると、相手の覚醒時にはとうてい感じられない、相手を余すところなく所有している気分になる。本人の生命までが、私の言いなりになって、私のほうへ軽やかな息吹を漏らしている。こうして漏れてくるアルベルチーヌの眠りという不思議なつぶやき、海の微風のように穏やかで月の光のように夢幻的なつぶやきに私は耳を傾けた。その眠りがつづいているかぎり、私はアルベルチーヌに想いを馳せ、それでいて本人を眺めることができ、さらに眠りが一段と深くなると本人に触れて接吻することもできるのだ。そのとき私が感じていたのは、自然の美しいもの、つまり無生物を目の前にした場合と同様の、なにやら純粋で非物質的な不可思議なものを目の前にしたときの愛情だった。

囚われの女 ⑩ 一五一—一五二

病気と医学

身体の不調（祖母の病気に際して）

われわれは病気になると、自分がひとりで生きているのではなく、ある異界の存在に縛りつけられて生きていることに気づく。われわれとはさまざまな溝で隔てられ、われわれを知りもせず理解もしてくれない異界の存在、それがわれわれの身体である。たとえば街道で追いはぎに出会ったとき、われわれの不運に同情させるのは無理だとしても、追いはぎ自身の利害を悟らせることはできるかもしれない。ところがわれわれの身体に憐憫を求めるのは、タコを前に駄弁を弄するに等しく、こちらの言うことなどタコには水の音と同様なんの意味も持ちえず、われわれは生涯こんなものといっしょに暮らさざるをえないことに愕然とする。祖母の注意はつねに家族の者に向けられていたから、自分の体調不良には気づかないことが多かった。さすがに非常に加減の悪いときは、祖母もそれを治すために体調不良がなにかを知ろうとしたが、それは無理な相談だった。祖母の身体を舞台とする病的現象は、祖母の頭には正体不明の捉えられないものであったが、その現象と同じ物質の世界に属する人びとには明瞭でよく理解できるもので、自分の身体が訴えているものを把握するために人間の精神が最終的に頼りとするのはそんな人たちである。外国人の返答を聞いても理解できないとき、通訳をしてくれるその国の人を呼びに行くようなものといえよう。この人たち〔医者〕こそ、われわれの身体と話し合うことができ、身体の怒りが重大なものなのか、すぐ治まるものなのか、教えてくれるのである。

ゲルマント ⑥二八一―二八二

自然の病気と医学がつくり出した病気

医学が、まるで自然と張り合うかのように人を病床に縛りつけ、死ぬぞと脅して薬の使用をつづけさせるのは、摩訶不思議と言うほかない。こうなると人工的に接ぎ木された病気は根を張って、二次的なものとはいえ本物の病気になってしまう。ただしひとつ違う点があって、それは自然の病気は治るが、医学がつくり出した病気はけっして治らないことだ。医学は治癒の秘訣を知らないからである。

囚われの女 ⑩四〇七

医学を信じるべきか

畢竟《ひっきょう》、医学とは、医者たちがつぎつぎと犯す矛盾した誤りの集約であるから、どんな名医を呼んでも、たいてい数年後には間違いとわかる診断を真実として求めるはめになる。それゆえ医学を信じるのは愚の骨頂ということになるが、それを信じないのもそれに劣らぬ大愚と言うべきで、というのもそんな誤りの集積から最終的には真実もいくつか出てきたからである。

ゲルマント ⑥二八二—二八三

とり憑いた死病（祖母の病気に際して）

私は、それ以来、祖母にとってこの発作の瞬間はかならずしも不意打ちだったわけではなく、祖母はずいぶん前からこのときを覚悟し、このときを待ち受けながら生きてきたのかもしれないと考えた。もとより祖母は、この死という運命の時がいつ到来するのか知るよしもなく、恋する男がこれと同種の懸念にとり憑かれ、理屈に合わない希望と謂われなき嫌疑とをこもごも根拠にして恋人の貞節を知ろうとするのにも似た、不確かな心境に置かれていた。だが、今しがた祖母をついに真っ向から襲ったような大病ともなると、たいてい、病人を死に至らしめるずっと前から体内に居を定めていたはずで、その存在は、「愛想のいい」隣人ないし間借人と同じく、かなり早くから病人に知られているものだ。この同居人が手に負えないのは、苦痛をもたらすからというよりも、むしろ異様な斬新さで生命に決定的制約を強いるからである。そうなると人は、死の瞬間だけではなく、この同居人が忌まわしくも自分の身に住み着いてから何ヵ月にもわたり、いや、ときには何年にもわたり、死にゆく自分を見つめるはめになる。病人は、脳裏を行き来する足音を聞いて、このよそ者が何者なのかを知るに至る。もちろんそのすがたを見たわけではないが、よそ者が決まって立てる足音からその習性を推測するのだ。悪者なのだろうか？　ある朝、その足音がふと聞こえなくなる。出て行ったのだ、ありがたい！　このまま永久に戻って来なければいいが！　ところが夜になると、戻ってきている。なにを企んでいるのか？　主治医に助言する顧問医師は、まるで熱愛された恋人のように質問攻めにされ、誓いのことばを口にするが、それが信じられる日もあれば疑わしくなる日もある。もっとも医者の演じているのは、恋人役というより、むしろ詰問される従僕役であろう。それは第三者にすぎない。われわれがほんとうに責め立てたい相手、いまやこちらを裏切ろうとしているのではないかと疑う相手、それは命それ自体であり、もはや以前とは同じ命ではないと感じられるにもかかわらず、われわれはいまだにその命を信じ、いずれにせよ懸念にとり憑かれたまま、命がついにわれわれを見捨てる日を迎えるのである。

ゲルマント ⑥三一九―三二〇

老いと死

自分の老いは見ることができない（最終篇のゲルマント大公邸でのパーティーにて）

〔ゲルマント公爵夫人から〕「あなたって不思議なかたね、いつもお若くていらっしゃる〔……〕。」そう言われて私は、はじめて出会った真実を告げる鏡をのぞきこむようにして、私が自身を若いと想いこんでいるように自分では若いつもりでいる老人たちの目で、自分を見ることができた。そんな老人たちは、否定してくれるのを期待して私が自身を老人の例として引き合いに出しても、そのまなざしに、なんの抗議も浮かべない。その老人たちは自分自身を見ているように私を見ているのではなく、私がその老人たちを見ているように私を見ているからである。われわれは自分自身のすがたや年齢を見ることはできないが、だれしも、相手に向けられた鏡のように、他人のすがたなら見えるのだ。

見出された時 ⑭四六―四七

老いと死

老いと死とに平然と立ち向かう人たちがいるが、それはその人たちが他の人たちよりも勇敢だからではなく、想像力に欠けているからだ。

見出された時 ⑭四七

死を迎える準備

〔レオニ〕叔母が開始していたのは〔……〕年老いてすべてを諦め、サナギのなかに閉じこもって死を迎える準備をすることで、これは長寿の人の生涯の終わりによく見かけることである。かつてどれほど愛し合った恋人同士でも、いかに深い精神的きずなで結ばれた友人同士でも、ある年から会うのに必要なはずの旅行や外出をしなくなり、手紙のやりとりも途絶え、もうこの世で連絡をとりあうことはないと悟るのだ。

コンブレー ①三一三―三一四

死を迎える顔（死に近づいた祖母の顔）

彫像作者の仕事も終わりに近づき、祖母の顔は小さくなるとともに固まっていた。その顔に走る静脈は、大理石の縞《しま》模様というより、もっとざらざらした石の縞のように見える。呼吸が困難なせいでつねにうつむきかげんになり、かつ憔悴しておのが殻に閉じこもってしまったその顔は、無骨で、小さく縮み、残酷なまでに表情を浮き彫りにして、原始的なほとんど有史以前の彫刻にでも出てくる墓守女の、粗野で、紫がかった赤褐色の、絶望しきった顔のように思われた。だがこの仕事はすべて完了したわけではない。今後は、この作品をこわし、それから墓のなかに――これほど苦しい収縮を経験しつつ苦労して守ってきた墓のなかに――降りてゆかなければならない。

ゲルマント ⑥三三四―三三五

定められた死期（サン＝ルーの戦死の報に接して）

もとよりそんな予感はありえないことに思われるが、しかし死もまたある種の法則に従っているように見える。たとえばかなりの高齢または若年で世を去った両親をもつ人は、ほとんど否応なく同じ歳で死ぬように定められていると思われる場合が多く、長寿をえて大往生した両親をもつ人は百歳まで癒やせぬ悲哀と病魔に悩まされるのにたいして、若くして他界した両親をもつ人は、幸せで健康的な生活を送っていたにもかかわらず、まるでそれが死の実現に必要な手続きであったとしか思われぬほど折悪しく偶然訪れた病気によって（その病気が本人の気質や体質のなかにどれほど深い根を宿していようと）、避けられない早すぎる期日に命を奪われる。おまけに偶然の死そのものでさえ〔……〕、これまた前もって定められていて、神々のみが知りえて人間には見えないこととはいえ、じつはなかば無意識のなかば意識された悲哀の表情によって明かされていたのではあるまいか？

見出された時 ⑬三九五―三九六

死期はわからぬもの（祖母の発作に際して）

われわれはよく死期はわからぬものだと言うが、そう言うとき、死期をどこか漠然と遠くの空間に位置するものとして想い描くだけで、その死期が、すでに始まったこの一日となんらかの関係があり、死それ自体が――というより死が最初にわれわれを部分的に捉えてもはや放さなくなる瞬間が――この午後にも生じる可能性のあることを意味するとは考えもしない。この午後には、あらかじめすべての時間の予定が決まっていてなにひとつ不確実なものはなく、まずはおきまりの散歩に出かけ、きれいな空気の摂取がひと月後には必要量を充たすようにしたいと考え、手に携えてゆくコートや呼びつける御者の選択に迷ったあげく辻馬車に揺られる身となると、前途にはまるまる自由になるその日の昼間が広がり、それとて短いもので、女友だちの訪問に間に合うように帰っていなければなるまい、つぎの日も同様の好天だといいなとは思うが、まさかそのとき、わが身中のべつの道を歩んできた死が、ほかでもないこの日をすでに選んでいて、数分後、馬車がシャンゼリゼにさしかかるほぼその瞬間、表舞台にすがたをあらわすとは夢にも想わないのである。

ゲルマント ⑥三一六―三一七

死者はわれわれに働きかけている（亡き祖母を想い出す「心の間歇」の章より）

生者はしばしば死者にとり憑かれ、死者とそっくりの後継者となって死者の途切れた生を継承するのだ。〔私の〕お母さんの場合のように、母親の死後に娘の感じる悲嘆というのは、もしかするとサナギの殻を早めに破って変態の進行を速め、わが身に潜むもうひとりの存在の羽化をうながしているのかもしれない。〔……〕愛する人が生きていたあいだは、たとえその人が不愉快に思おうと、われわれはそんな個性を怖れることなく発揮していたわけで、その個性は、もっぱら愛する人から受け継いだ性格とうまく釣り合いがとれていたのだ。ところが母親が死んでしまうと、母親とべつの人間になることに気が咎めるようになり、われわれが敬服するのは、母親がそうであった存在、べつの存在と一体化してはいたがわれわれもすでにそうであった存在、今後ひとえにそうあらんとする存在だけとなる。この意味でのみ(一般に理解されている、あいまいな間違った意味ではなく)死は無駄ではなく、死者は依然としてわれわれに働きかけている、と言うことができる。いや、死者は、生者以上にも働きかけている。なぜなら、真の現実なるものは精神によってのみ取り出される精神活動の対象にほかならない以上、われわれが真に知ったといえるのは思考によって再創造せざるをえなかったものだけで、それは日々の生活がわれわれに覆い隠しているものだからである……。

ソドムとゴモラ ⑧三七八―三八〇

他人の死への無関心（最終篇のゲルマント大公邸でのパーティーにて）

同じ交際社会のなかで暮らす同年配の人たちにとっても、死はもはや特異な意味を喪失していた。そもそも毎日のようにあまりにも多くの死に瀕した人の情報がもたらされ、ある者は持ち直したが、べつの者は「息をひきとった」と聞かされるので、久しく会う機会のなかったそれぞれは肺炎の危機から脱したのか、それとも他界したのか、もはや正確には想い出せなかった。こうした高齢者の暮らす領域では、死は数が増えるばかりで、ますます不確かなものになるのだ。このようなふたつの世代、ふたつの交際社会が交わる集まりでは、さまざまに異なる理由から、死は識別されにくく、ほとんど生と混同され、いわば社交辞令と化し、ひとりの人間を多かれ少なかれ特徴づける小事件とみなされるだけで、死を語る人びとの口調からは、それが当人にとってすべての終わりを告げる事件であることを意味しているとは感じられない。「お忘れですな、あれは死にましたよ」と言う人の口調は、まるで「あれは受勲者ですよ」とか「あれはアカデミーの会員ですよ」とか――これもパーティーに出席できない理由という点では同じことになるが――「あれは冬をすごしに南フランスへ行きましたよ」とか「あれは高地で療養するよう命じられたんです」とかと言うときとそっくりなのだ。それでも有名な人たちの場合は、死んだときに遺したものが、その人の人生が終わったことを想い出すよすがになる。ところがただの高齢の社交人士たちの場合、その人が死んだのか、まだ生きているのかという事実さえわからなくなるのは、その人の過去を人びとがよく知らないか忘れているからであるというにとどまらず、その人がなんであれ未来へつながるものを持っていないからだ。かくして社交界の老人たちが病気なのか、不在なのか、田舎へ引っこんでいるのか、死んだのか、それがなかなか判然としない状態は、判断に迷う人たちの無関心を定着させたように、故人たちの無意味さをも定着させたのである。

見出された時 ⑭一四七―一四八

年老いたシャルリュスが列挙する死者

氏は一族のなかで、あるいはつき合いのあった社交人士のなかで、いまは亡き人を残らず列挙しつづけたが、それはその人たちがもはや生きていない悲しみをあらわすためとは感じられず、むしろ自分がその人たちのあとまで生き残った満足をあらわしていた。氏はその人たちの死を想起することで、自分自身の健康の回復をいっそうはっきり意識しているようだった。氏はほとんど勝ち誇ったような冷酷さで、軽くどもりながら、墓場を想わせる低くこもった声を響かせ、一本調子でこうくり返し言った、「アニバル・ド・ブレオーテ、死んだ！ アントワーヌ・ド・ムーシー、死んだ！ シャルル・スワン、死んだ！ アダルベール・ド・モンモランシー、死んだ！ ボゾン・ド・タレーラン、死んだ！ ソステーヌ・ド・ドゥードーヴィル、死んだ！」〔ブレオーテとスワン以外は実在の社交界名士〕発せられるたびにこの「死んだ」という語は、これら亡き人を墓の底へますます深く押しこもうとする墓掘り人夫がシャベルでどさりと投げこむ重い土のように、故人たちの上に落ちてゆくように感じられた。

見出された時 ⑬四二一―四二二

死んだ祖母の「うら若い乙女のすがた」

祖母は死んでいた。数時間後、フランソワーズは、最後に、今度はもう痛めつけることもなく、美しい髪をとかすことができた。その髪には白いものがまじってはいたが、これまでは実際の歳より若い人の髪に見えていた。ところが今や、逆にその髪だけが、若返った顔が戴くただひとつの老いの印であり、その顔からは、積年の苦痛によって加えられたしわも、ひきつりも、むくみも、こわばりも、たるみも、跡形もなく消えている。遠い昔、両親が夫を選んでくれたときのように、祖母の目鼻立ちには、純潔と従順によって優雅に描かれた線がよみがえり、つややかな両の頬には、長い歳月がすこしずつ破壊したはずの、汚れなき希望や、幸福の夢や、無邪気な陽気さがただよっている。生命は、立ち去るにあたり、人生の幻滅をことごとく持ち去ったのだ。ほのかな笑みが祖母の唇に浮かんでいるように見える。この弔いのベッドのうえに、死は、中世の彫刻家のように、祖母をうら若い乙女のすがたで横たえたのである。

ゲルマント ⑥三七七―三七八

スワンの死

そのころ私の心を動転させたのは、スワンの死である。スワンの死！　この文言においてスワンは単なる属格の役割を果たしているのではない。これを私は、特別な死、運命によってスワンに遣わされた死という意味に理解している。というのも、われわれはことを簡単にするためひと口に死と言っているが、じつは人間の数と同じだけの多様な死が存在するからである。〔……〕大急ぎで駆けつけた死は、スワンの脇腹に癌を植えつけると、つぎはべつの任務へ出かけてゆき、ふたたび戻ってくるのは、外科医の手術が終わって新たに癌を植えつけなければならないときである。そのあと「ゴーロワ」紙で、スワンの容体は憂慮されていたものの、病状は完全に快方へ向かいつつある、という近況を読むときが来る。そんなときに死は、人が最期の息をひきとる数分前、病人を殺すためではなく看病するためにやって来た修道女のようにその人の最期の瞬間に立ち会い、心臓の鼓動が止まり永久に冷たくなった人の頭に最期の後光をいだかせる。そして、このような死の多様性、死のたどる行路の不思議、死がまとう宿命の肩章の色合い、それらが新聞の訃報をきわめて印象深いものにするのだ。「シャルル・スワン氏が痛ましい闘病の末、昨日パリの自邸にて逝去されたとの報に接し、哀惜の念に堪えない。パリジャンとしての才気はもとより、終生変わらぬ確かなえり抜きの交友関係が万人から高く評価されていた氏の逝去は、各界が等しく惜しむところであろう。芸術や文学の世界で氏は、その洗練された明敏な趣味ゆえに、みずから楽しむとともに万人から慕われ、その点は〔名門の〕ジョッキー・クラブでも同様で、その意見を傾聴せぬ者とてない最古参会員のひとりであった。氏はユニオン・クラブやアグリコル・クラブのメンバーでもあった。ロワイヤル通りクラブには退会届を提出したばかりであった。氏の才気あふれる風貌は、その赫々《かっかく》たる名声とともに、音楽や絵画のグレイト・イヴェント、とくに「ヴェルニサージュ」において、参会者の関心をそそらずにはおかなかったが、こうした催しの熱心な常連であった氏も、近年はめったに住まいから出なかった。葬儀は来る云々。」

　このような観点からすると、死者が「ひとかどの人物」でないかぎり、周知の肩書きの不在は死の解体をいっそう早めてしまう。〔……〕それにひきかえスワ

図1　ジェームズ・ティソ『ロワイヤル通りクラブ』(1868)

ンは知的にも芸術的にも注目すべき名士であったから、なにひとつ「生み出す」ことはなかったにもかかわらず、いささか長らくその名をとどめることができたのである。とはいえ、親愛なるシャルル・スワンよ、私はまだ若造で、あなたは鬼籍にはいる直前だったから、親しくつき合うことはできなかったが、あなたが愚かな若輩と思っておられたにちがいない人間があなたを小説の一篇の主人公にしたからこそ、あなたのことがふたたび話題になり、あなたも生きながらえる可能性があるのだ。ロワイヤル通りクラブのバルコニーを描いたティソの画(図1)のなかで、あなたはガリフェと、エドモン・ド・ポリニャックと、サン=モーリスとのあいだにおられるが、そのあなたのことがこれほど話題になるのは、スワンという人物のなかにあなたのものであった特徴がいくつか認められるからにほかならない。

囚われの女 ⑪二三―二七

作家ベルゴットの死

ベルゴットが死んだときの状況は以下のとおりである。軽い尿毒症の発作のせいで医者は安静を命じていた。ところがある批評家が、ベルゴットが大好きでよく知っているつもりでいたフェルメールの『デルフトの眺望』(オランダ派展のためにデン・ハーグの美術館から貸し出された画)(図2)のなかに、小さな黄色い壁面(ベルゴットは想い出せなかった)がじつにみごとに描かれていて、そこだけを見ると中国の貴重な工芸品のようにそれだけで自足した美しさを備えていると書いていたので、ベルゴットはジャガイモを少し食べてから外に出て、展覧会場に入った。最初に階段を二、三段のぼったとたん、目まいがした。いくつもの画の前を通ったが、つくりものの芸術がなんとも無味乾燥で無用の長物だという印象を受け、これではヴェネツィアのどこかの館《パラッツォ》なりただの海辺の家なりに吹く風やそこに射す陽の光ほどの価値もないと感じられた。ようやくベルゴットはフエルメールの画の前に来た。記憶ではもっと華やかで、ほかのよく知る画とはずっとかけ離れた画であったが、その批評家の文章のお

図2　フェルメール『デルフトの眺望』(1660–61)

かげで、はじめてベルゴットは青い服を着た小さな人物が何人かいること、浜辺がバラ色であること、最後に小さな黄色い壁面の貴重なマチエールに気がついた。目まいはひどくなってきたが、ベルゴットは子供が捕まえようとする黄色いチョウをじっと見るように、その貴重な小さな壁面をじっと見つめた。「こんなふうに書くべきだった」とベルゴットはつぶやいた、「おれの最近の本は、あまりにも無味乾燥だった。この小さな黄色い壁面のように、絵の具を何度も塗りかさねて、文それ自体を貴重なものにすべきだった。」そのあいだも重篤な目まいがやむことはなかった。目には天上の天秤が浮かび、一方の皿には自分自身の命が、もう一方の皿にはかくもみごとに黄色く描かれた小さな壁面が載っているのが見えた。ベルゴットは不用意にも後者のために前者を犠牲にしたような気がした。「それにしても夕刊の三面記事にこの展覧会の余録として登場するのはゴメンだな」と思いながら、ベルゴットは心のなかで「庇《ひさし》のある小さな黄色い壁面、小さな黄色い壁面」とくり返していた。そのうちベルゴットは円形のソファーのうえに倒れこんだ。すると突然、命が危ういと考えるのをやめ、もとの楽観的な気分に戻って「生煮えのジャガイモのせいで消化不良をおこしただけだ、なんでもない」と思った。新たな発作がベルゴットを打ちのめし、本人はソファーから床へ転げ落ち、そこへ見物客や守衛がどっと駆けつけた。ベルゴットは死んでいた。

囚われの女 ⑩四一四—四一七

ベルゴットは埋葬されたが、葬儀の夜、ひと晩じゅう明かりの灯った本屋のショーウインドーに、その本が翼を広げた天使のように三冊ずつ飾られて、通夜をしているのが、もはやこの世にない人にとって復活の象徴となっているように思われた。

囚われの女 ⑩四一九

来世

前世と来世は存在するのか（前項「ベルゴットは死んでいた」の直後に挿入された語り手のコメント）

ベルゴットは死んでいた。永久に死んだのか？　だれがそう言えよう？　心霊術の実験にせよ、宗教上の教義にせよ、もとより魂が永続するという証拠をもたらしてはくれない。ただ言えることは、この人生では、まるで前世でとり決められた責務を負ってこの世に生まれてきたかのようにことが運ぶということである。この世の生存条件のもとでは、われわれには善き行いをしたり、細やかな心遣いをしたり、いや、礼儀正しくしたりする、そんな義務があると感じられる理由はなにひとつない。それは神を信じない芸術家が、ひとつの同じ断片を何十回も描きなおす義務があると感じる理由はなにもないのと同じである。その断片がいくら後世の人びとから賞讃されようとも、ウジ虫に食われるおのれの肉体には、どうでもいいことであろう。あの小さな黄色い壁面をあれほどの技量と洗練で描いた画家、かろうじてフェルメールという名前によって同定されただけの永久に知られることのない画家の場合も同じである。現世で報われることのないこのような責務は、この世とはべつの、善意や、良心の咎めや、犠牲心に基づく世界に、この世とはまるで異なる世界に属するものらしい。われわれはそのような世界から抜けだして、この世に生まれてきたのであり、ふたたびその世界へ戻って、あの未知の掟に従って生きるのかもしれない。われわれがその掟に従うのは、だれがそうしたかはわからないまま私たちの心中にその教えが刻みこまれているからである。その掟には、なんであれ知性を深くはたらかせる仕事をすると近づくことができる。それが目に入らないのは——せいぜい！——愚か者だけである。それゆえベルゴットが永久に死んだわけではないという考えはありえないことではないのだ。

囚われの女 ⑩四一七—四一九

「魂の復活」は「記憶現象としてなら理解できる」

このような深い眠りを「鉛のような眠り」と言いあらわすが、そんな熟睡から醒めてしばらくは、自分自身がただの鉛の人形になってしまった気がする。もはやだれでもないのだ。そんなありさまなのに、なくしたものを探すみたいに自分の思考や人格を探したとき、どうしてべつの自我ではなく、ほかでもない自分自身の自我を見つけ出すことができるのか？　目覚めてふたたび考えはじめたとき、われわれの内部に体現されるのが、なぜ前の人格とはべつの人格にならないのか？　何百万もの人間のだれにでもなりうるのに、いかなる選択の根拠があって、なにゆえ前日の人間を見つけ出せるのか不思議である。たしかに中断があったのに（眠りが完全であったり、夢がまるで自分とかけ離れたものであったりした）、なにがわれわれを導いているのか？　心臓の鼓動が止まり、舌を規則的に引っ張られて息を吹きかえすときのように〔『二十世紀ラルース辞典』によると、「布をあてた親指と人差指でつまんだ舌を、一分間に十五―二十回、規則的に引っ張る」蘇生術が世紀初頭に推奨された〕（図3）、たしかに死があったのだ。われわれが一度しか見たことのない部屋にもきっとさまざまな想い出をよび覚ます力が備わり、その想い出にさらに古い想い出がつながっているか、あるいはわれわれの内部で想い出のいくつかが眠りこんでいて、目覚めたときにそれが意識されるのだろう。目覚めるさいの――眠りというこの恵みぶかい精神錯乱の発作のあとの――復活という現象は、つまるところ、人が忘れていた名前や詩句や反復句《ルフラン》を想い出すときに生じることと似ているにちがいない。そうだとすると死後の魂の復活も、ひとつの記憶現象としてなら理解できるかもしれない。

ゲルマント⑤一八七―一八八

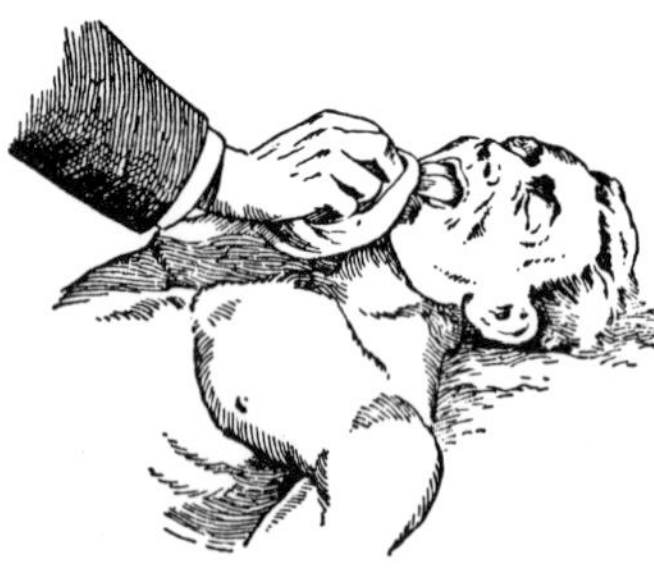

図3　溺れた人への蘇生処置

II

家族と友人

La famille et les amis

第II章「家族と友人」には、親子と夫婦、人間の長所と短所、友情、さらに嘘にまつわる断章を収録する。『失われた時を求めて』には親子の濃密な愛情は描かれるものの(「祖母と母の愛情」など)、夫婦愛には冷たい省察が目立つ。またプルースト自身は友情に篤い男だったようであるが、小説で際立つのは、社交と同じく表面的自我が介在する友情への不信であり、人間の短所と嘘にたいする辛辣きわまる指摘である。

第II章扉絵「馬に乗る男」

片メガネをかけ胸に花を挿す(?)男は、プルースト自身の戯画か。絵の上方に記された文言 « Il y a longtemps que l'on a fait justice de l'insupportable fatuité de l'homme de cheval à qui sa monture elle-même semble dire: tu me fais suer. » の大意は、「馬に乗る男の耐えがたいうぬぼれはつとに指摘されていて、馬自身も「お前にはうんざりさせられる」と言っているようだ。」

親子と夫婦

「私」の親不孝（少年の「私」は母にお寝《やす》みのキスをせがんでひきとどめたことを「親不孝」と感じる）

この夜、母が、私の両手を優しく握り、涙を止めようとしてくれたとき、たしかに母の美しい顔はいまだ若さに輝いていたが、だからこそ私はこんな事態になるべきではなかったという気がした。子供のときに味わったことのない母のこの新たな優しさよりも、母に怒られるほうがまだしも悲しくはなかっただろう。私としては、目には見えない親不孝な手で、母の心に最初の皺を刻みつけ、最初の白髪を生じさせた気がしたのである。

コンブレー ①九五

祖母と母の愛情（発作に見舞われた祖母を出迎えたときの母）

お母さんはわなわなと震え、顔は泣いても涙は見せず、駆けて行って医者を呼ぶよう言いつけたが、フランソワーズからどなたがご病気でと訊ねられて答えられず、声は喉に詰まってしまった。しかし私といっしょに駆け下りたとき、母は顔をひきつらせる嗚咽をいっさいぬぐい去った。階下の玄関ホールのソファーに腰かけて待っていた祖母は、私たちの足音が聞こえると、身を起こしてすっくと立ちあがり、片手でお母さんに快活な合図をした。私は、あらかじめ祖母に、階段で風邪をひかぬための用心だと言い聞かせ、白いレースのマンティーラでその顔を半分ほど覆っておいた。祖母の変わりはてた顔や歪んだ口元に、母が気づかぬよう配慮したのである。だがそれは要らざる用心だった。母が、祖母に近づき、その手に神の手のごとく接吻したあと、祖母を支え、抱きかかえ、そろりそろりと慎重にエレベーターまで連れて行ったとき、そのいたわりに

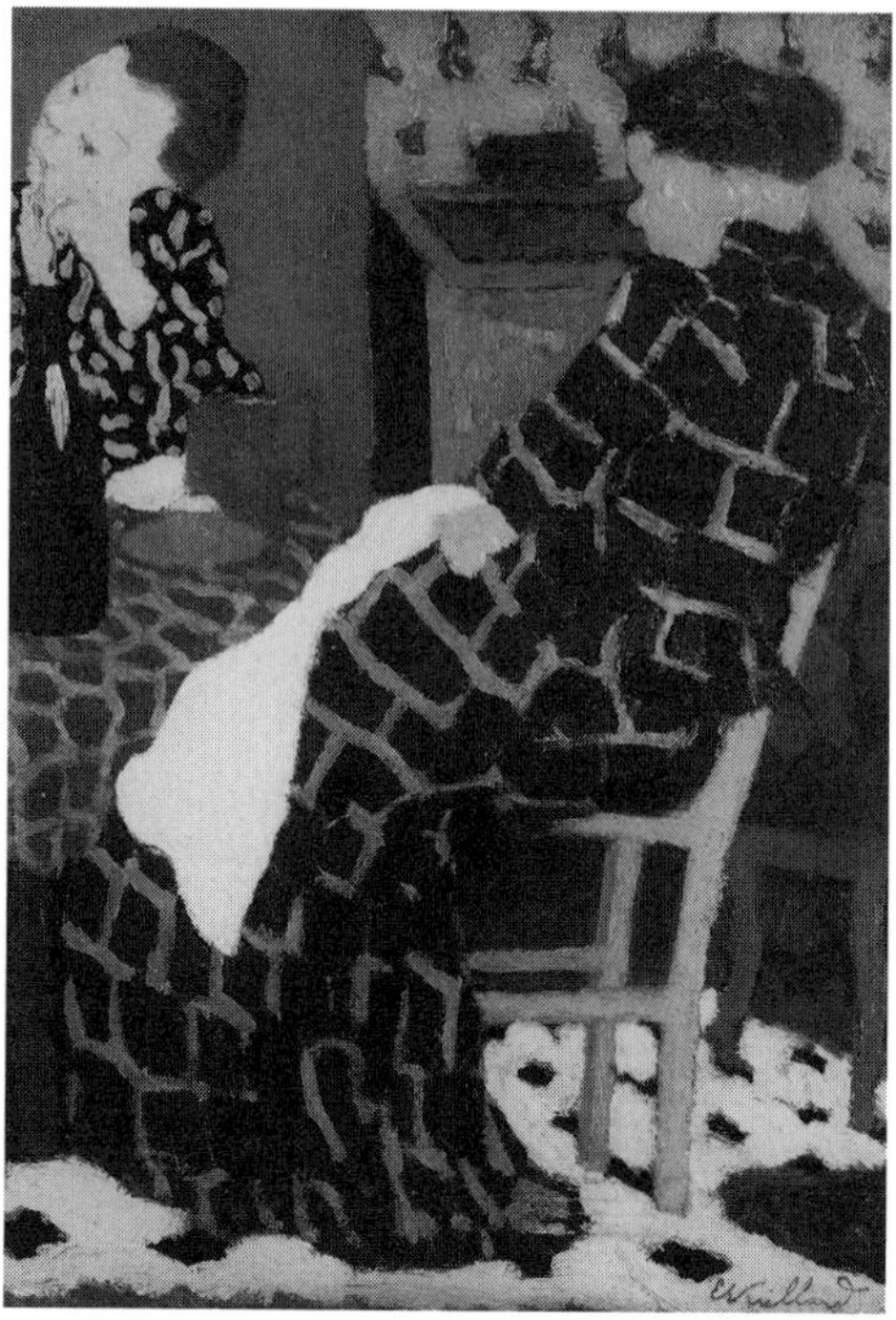

エドゥアール・ヴュイヤール『食卓の母と娘』(1891–92)

は、下手をして祖母が痛がってはいけないという心配と、このうえなく大切なものに手を触れる資格など自分にはないという謙虚な気持とがこめられていたが、母は一度たりとも目をあげて病人の顔を見ようとはしなかったからである。それは祖母が、娘は自分のすがたを見てさぞ心配しただろうと考えて悲しむことのないよう、配慮したのかもしれない。それとも、祖母を見て自分があまりにも辛い想いをするのを怖れて、ひるんでしまったのかもしれない。あるいは敬愛の念から、崇める尊顔になにか知的衰退の傷痕を認めることなど赦されぬ冒瀆だと信じていたのかもしれない。あるいは才気と善意にあふれた祖母本来の顔のイメージを、のちのちまで無傷のまま自分の心にとどめようとしたのかもしれない。かくして祖母はマンティーラになかば顔を隠し、母は目をそむけたまま、ふたり寄り添って上にあがって行った。

ゲルマント ⑥三二四—三二六

わが身に集積する遺伝（アルベルチーヌとの同居中に）

私をこれほど頻繁にベッドに寝たきりにさせていたもの、それはひとりの人間であり、アルベルチーヌのような私の愛している人ではなく、愛している人よりもずっと強大な影響力を私におよぼしている人間、私のなかに移り住んで、ときには私の嫉妬の疑念を黙らせてしまうほどに、いや、すくなくともその疑念に根拠があるかないかを確かめに出かけるのを妨げるほどに横暴な人間、つまりレオニ叔母だった（晩年の叔母は自室にひきこもっていた）。私が晴雨計を調べるだけでは満足せず、自分自身が生きた晴雨計になってしまうほど度を越して父に似てきただけで〔父は晴雨計を調べるのが癖だった〕、またレオニ叔母に支配されているだけで、私は自分の部屋に閉じこもり、いや自分のベッドからさえ動かず、天気を観察する人間になったのだろうか？　それと同様、いまや私はアルベルチーヌに話しかけるのに、ときにはその昔コンブレーで母に語りかけた子供のような、ときには私に語りかけた祖母のような口を利いた。われわれはある年齢を超えると、かつて自分がそうであった子供の魂や、死者となった祖先の魂から、われわれが味わう新たな感情に協力したいと、それぞれの資財と悪運をふんだんに授けられる。われわれはそうした資財や悪運を新たな感情のなかへ溶かしこみ、古い彫像を消し去って独創的な形に創りかえるのだ。かくして、最も幼い歳月にはじまる私のあらゆる過去が、さらにはその歳月のかなたのわが親族の過去が、アルベルチーヌにたいする私の不純な恋心に、子供のようでもあり母親のようでもある優しい愛情を交えていた。人はある時期が到来すると、はるか遠方から自分のまわりに集まってくる親族をひとり残らず受け入れなければならないのである。

囚われの女 ⑩一七〇―一七一

スワンの結婚は「死後の幸福」

オデットとの結婚は、スワンの人生において――スワンの死後に生じるはずのできごとの予兆として――すでに死後の幸福だったのではないか。オデットを――最初に会ったときは気に入らなかったのに――情熱的に愛したもののそのオデットと結婚したときにはもはや愛していなかったうえ、オデットと生涯にわたって暮らしたいとあれほど願いながらそれが叶わず絶望していたスワンの内なる存在は、すでに死んでいたのだから。

スワン夫人 ③一〇八―一〇九

人間の長所と短所

意地悪と善意（日ごろ意地の悪いヴェルデュラン夫妻の秘められた善行を知った「私」の感想）

私はこの経緯をもっと早く知ることができなかったのを残念に思った。そうなっていれば、なによりもまず、けっして人を恨んではならない、ある人の意地の悪さを見てもその記憶だけで人を評価してはいけないという考えに、もっと早く到達していたであろう。なぜなら、その同じ人の心がべつの機会には真摯に善行を欲してそれを実行しえたとしても、その善行のすべてがわれわれの知るところとなるわけではないからだ。そんなわけでわれわれは、単なる予測という観点かららしても間違えてしまう。というのも、決定的に確認された邪悪な面はたしかにくり返しその人にあらわれるにちがいないが、しかし人の心はもっと豊かなもので、それ以外の面もたくさん宿していて、そんなほかの面もまたその人にあらわれるにちがいないからで、その人のあくどいやり口を見たわれわれはその人の優しい面を見ようとしないだけである。

囚われの女 ⑪三一〇―三一一

長所や短所は社会的産物(最終篇のゲルマント大公邸でのパーティーにおける人々の変化)

善意は、ブロックのように元来は辛辣であった人間をも最終的に優しくさせる成熟にほかならないから、自分の主義主張が正しくさえあれば偏狭な裁判官であろうと友好的な裁判官であろうと怖れるに足りないとする正義感と同じく、広くゆきわたっている。そしてブロックの孫たちなら、ほとんど生まれながらに善良で慎みぶかい人間になるだろう。ブロック自身は、まだその域に達していないかもしれないが。しかし私が気づいたのは、昔は頼まれていなくてもその人に会うために汽車で二時間もの道のりを駆けつけなくてはならないと想いこんでいるふりをしていたブロックが、いまや午餐や晩餐への招待のみならず、こちらに二週間あちらに二週間といった滞在の招待まで引きも切らない身になって、その招待の多くを断っていること、しかもそれを口外せず、招待を受けたことも断ったことも自慢しないことであった。このような慎み、行動にも発言にも認められる慎みは、社会的地位や年齢とともに、そう言ってよければ社会的年齢とともに、ブロックの身に備わったものである。もちろん以前のブロックは、慎みを欠いていたばかりか、人に親切にしたり助言を与えたりすることもできなかった。しかしある種の短所や長所は、それぞれの人間に結びついているというよりも、社会的観点から見た人生のそれぞれの瞬間に結びついていると考えるべきだろう。短所や長所は個人の外にあると言っても過言ではなく、個々の人間は、まるで夏至や冬至のようにあらかじめ存在する避けようのない普遍的な点を通過するかのように、短所や長所という光のなかを通過するのだ。

見出された時　⑭一三一―一三二

庶民の善意（第一次大戦中のフランソワーズの親戚について）

フランソワーズの甥のひとりにベリー＝オ＝バック（激しい戦闘の地となったフランス北東部の町）で戦死した男がいて、これはフランソワーズの大金持の親戚一家の甥でもあった。この親戚夫妻は、大きなカフェを営んでいたが、財産ができて、ずいぶん前から隠居していた。戦死した甥のほうは、小さなカフェをやっていたが財産はなく、二十五歳で出征し、残された若妻がひとりで小さな店を守っていたが、数ヵ月後には戻るつもりでいた夫は戦死してしまった。すると、こんなことが生じた。フランソワーズの大金持の親戚夫妻は、寡婦となった甥の若妻とはなんの血のつながりもなかったにもかかわらず、十年前から隠遁していた田舎より出てきて、寡婦のカフェを手伝い、一銭も受けとらなかったという。毎日、朝の六時から、れっきとした奥さままであった大金持の妻は「お嬢さま」といっしょに身なりを整え、婚姻によって義理の姪となったこの若妻の手助けをしたのである。そんなふうにふたりは三年近く、一日も休まず、早朝から夜の九時半までグラスを洗ったり飲みものを出したりした。この本には虚構でないことがらはひとつもなく、「実在の人をモデルとする」人物はひとりも存在せず、すべては私が述作の必要に応じて創りだしたものであるが、身寄りのない姪の手助けをするために隠遁の地から出てきたフランソワーズの大金持の親戚一家だけは実在する存命の人物であることを、わが国の名誉のために言っておかなければならない。〔……〕後方勤務にまわる卑劣な男たちはいたが、そのような連中は、サン゠タンドレ゠デ゠シャン〔コンブレー近在の教会〕の伝統を継ぐ数限りないすべてのフランス人によって、また私がラリヴィエール家の人たちをそれに匹敵するものと考えるすべての気高い兵士たちによって贖《あがな》われているのである。

見出された時 ⑬三八四―三八五

人間の欠点は多様

美徳の類似にも劣らず感嘆すべきは、欠点の多様性である。どれほど完璧な人にも、他人を不快にしたり激怒させたりするなんらかの欠点がある。すばらしく聡明で、なにごとも高い見地から考察し、けっして他人の悪口を言わない人でも、そもそも自分が預かろうと言い出したきわめて重要な手紙をポケットに入れたまま忘れてしまい、その結果、相手の大切な待ち合わせをふいにしておきながら謝りもせず、にやにや笑っている、それというのも時間にルーズなのを自慢の種にしているからだ。べつの人は、繊細にして温厚、細やかな気配りをする人で、相手のことに関してはその相手が嬉しくなるようなことしか言わないけれど、黙して語らぬ心中にはまるで別の辛辣な想いが秘められているのが伝わってくる。しかも相手に会うのを非常に楽しみにして放さないから、相手はへとへとに疲れてしまう。さらにべつの人は、ずっと誠実というべきか、体調を崩して会いに行けなかったと詫びた相手に、あなたが芝居にいらっしゃるところを見かけた人がいてお顔の色は悪くないと思ったそうですよとか、ご尽力は充分に活かせなかったが他の三人が同じく一肌脱いでくれることになったので、たいしてお世話にならずにすむとか、そんなことを相手に言わずにはいられない。これらふたつの状況でも、黙して語らぬ友人なら、相手が芝居に出かけていたことや、べつの人たちも同じく一肌脱いでくれたことには触れないだろう。ところがいま述べた友人は、相手をもっとも困らせることをくり返したり暴露したりせずにはいられず、おまけに自分の率直なもの言いにつけあがって、断固とした口調で相手に「私はこんな人間なんです」と言う始末である。べつの人たちは、極端に好奇心が強いか、あるいは好奇心をまったく欠いてどんなに世間の耳目をひく事件のことを話してもさっぱり見当もつかないかで、相手をいらいらさせる。またべつの人たちは、相手から来た手紙に相手に関することしか書かれておらず自分への言及がないと何ヵ月も返事を寄こさない。あるいは、頼みごとがあるので会いに行くと言われた相手が行き違いになるのを怖れて外出を控えているのに、やって来ずに何週間も待たせる、というのも自分の手紙ではなんら返事を求めないでおきながら相手から返事がないのできっとへそを曲げたものと想いこんでいたのだ。ある人たちは、相手の都合などお構いなしで、自分の勝手だけを考え、陽気な気分のときには相手に口を挟ませずにしゃべりまくり、相手がどんなに緊急の仕事があろうと平気で会いたがる。ところがその人たちも、天候や機嫌が悪くて疲れていると、いくら誘いかけてもひとことも口を利かなくなり、相手のいかなる努力にも生気のない無気力で応えるだけで、相手の言うことは耳に入らないのかうんともすんとも答えない。われわれの友人にはめいめい多くの欠点があるのだから、そんな友人を愛しつづけるには——友人の才能や親切や優しさに想いを馳せて——、そんな欠点を忘れるようにするか、むしろわれわれの善意を出し尽くしてそんな欠点を斟酌《しんしゃく》しないようにするほかない。ところが遺憾なことに、友人の欠点を見まいとするわれわれの寛大すぎる根気のよさも、その友に見る目がないためか、それとも他人には見る目がないと想いこんでいるために、あいかわらず欠点から抜け出せないその友人の根気のよさにはとうてい太刀打ちできない。友人にはその欠点が見えていないのか、他人にはその欠点が見えないと想いこんでいるからだ。他人の機嫌をそこなう危険は、よしとされたのか気づかれなかっただけかを推し量る困難さに由来することが多いので、用心してすくなくとも自分のことはけっしてしゃべらないようにすべきであろう。自分のことを話題にすると、他人の見解とわれわれ自身の見解とはけっして一致しないのが確実だからである。他人のほんとうの生活、見かけの世界の背後にある現実の世界を発見する驚きが、一見なんの変哲もない家を訪ねたところ中には財宝や鉄梃《かなてこ》や屍体が詰まっていると知るときの驚きと変わらぬとすれば、それに負けぬ驚きを感じるのは、他人がわれわれの面前で言っていたことに基づいてつくりあげた自分のイメージではなく、われわれがいないときに他人がわれわれのことを話していることばを通じて、われわれ自身とわれわれの生活について他人がどれほど完全に異なるイメージをいだいているかを知るときである。そんなわけで、われわれが自分のことを語るたびに、こちらのあたりさわりのない慎重なことばを相手がうわべは礼儀正しく見かけはなるほどという顔で聴いてくれても、そのことばが相手をおそろしく激怒させたりとんでもなく嬉しがらせたりすることは避けがたく、いずれにしても当方にはきわめて不都合な解釈をひきおこすと考えておいて間違いない。なんら心配の必要がない場合でも、われわれ自身に関する考えとことばのあいだには食い違いがあり、それが相手をいらだたせる。その食い違いゆえ、自分自身に関する本人の言い分はたいてい滑稽なものとなり、音楽愛好家をよそおう人たちが好きな節を口ずさみたくなったとき、おのれの不明瞭なつぶやきの欠陥を補おうと盛んに身振りをまじえ感心しきった顔をしても、聴かせられる声につり合わず滑稽になるのと同じである。自分のことと自分の欠点を語るという悪しき習慣に加えて、それと一体をなすもうひとつの習慣、ほかでもない自分の欠点と共通の欠点が他人にもあることを暴く習慣がある。ところで人が他人のなかの自分に似た欠点を話題にするのは、それが自分のことを遠回しに話すひとつの方法であり、それによっておのれの欠点が赦される歓びを味わえるうえ、告白する歓びもつけ加わるからだ。そもそもわれわれの注意はつねに自己を特徴づけているものに向けられていて、他人の特徴についても何よりもそうした特徴に目が向けられる。近視の男は、べつの近視の男について「だってあの男は、ほとんど目を開けられないぐらいですよ」と言う。肺病患者は、どれほど頑健な人の健全な肺にも疑念を差し挟まずにはいられない。不潔な男は、他人が風呂に入らないことばかり口にする。体臭の強い人は、人は嫌な臭《にお》いがするものだと言い張る。寝取られた亭主は、いたるところに寝取られ亭主を見る。身持の悪い女は、どこにでも身持の悪い女がいると言う。スノッブは、どこにでもスノッブがいると言う始末である。そのうえどの悪徳も、どの職業もそうであるように、特殊な知識を要求し発展させるもので、人はそんな知識をひけらかすのに悪い気はしないものだ。倒錯者はほかの倒錯者をかぎつけるものだし、社交界に招待されたデザイナーは相手とひと言も交わさないうちから早くも相手が身につける服地を値踏みし、指で触って品を確かめたくてうずうずしている。しばらくことばを交わした相手が歯の専門家なら、忌憚のない意見を求めるとたちどころに虫歯の数を言ってくれるだろう。その専門家からするとそれ以上に重要なことはなにもないのだが、その専門家の虫歯に気づいたこちらからするとそれ以上に滑稽なことはない。それにわれわれが他人には分別がないと思うのは、なにも自分のことを語るときだけではない。われわれは他人には分別がないとの前提でさまざまな行動をしているのだ。われわれひとりひとりには特別な神がついていて、その欠点を本人から隠すか他人の目には見えないと保証するかしてくれる。その神は、身体を洗わない人たちの目と鼻孔を閉じて、耳に溜まっている垢《あか》の筋も見せなければ腋の下に残る汗の臭いも感じなくしたうえで、ともに社交界に持ち込んでもだれも気づかないから平気だと信じこませてしまう。模造真珠を身につけたり贈りものにしたりする人たちは、それが本物だと思ってもらえると信じこんでいる。

花咲く乙女 ④二二五—二三〇

人は自分に似る者を毛嫌いする

われわれが毛嫌いするのは、こちらとは正反対の人間ではなく、こちらに似てはいるが劣っている人間、こちらの悪い面を露呈し、こちらが矯正した欠点をあらわにして、現在のわれわれが過去において人にどう思われていたかという不愉快なことを想い出させる人間なのである。

ソドムとゴモラ ⑨五九

召使いに反映するわが欠点(女中フランソワーズをめぐって)

かりにフランソワーズをお払い箱にしたところで、さらに特殊なこまごました点までそっくりの召使いと角《つの》を突き合わすはめになったであろう。のちにフランソワーズの後任として私の世話をすることになった召使いたちはじつに多種多様で、すでにだれもが召使い特有の一般的欠点を備えていたが、やはり私に仕えるとたちどころに変身したからである。攻撃の法則に応じて反撃の法則が生まれるように、どの召使いも私の性格の飛び出た部分によって痛めつけられることがないように、自分の性格の対応する箇所にそれを受け入れるへこみをつくる。その反対に、私の側にへこんだ欠陥があるのを見てとれば、それに見合う突起をつくって前進拠点とする。私がそんな自分の欠陥に気づかなかったのは、へこみとへこみのあいだに生じる飛び出た部分にも気づかなかったのと同じく、それがへこんだ欠陥だったからである。だがしだいに増長した私の召使いたちは、その欠陥を私に知らしめることになった。私が変わりようのない生来の欠点を自覚したのは、どの召使いも変わることなく身につけた欠点をつうじてであり、召使いたちの性格はいわば私の性格のネガを提示していたのである。

ゲルマント ⑤一四一—一四二

陰口の効用

世間ではあまねく評判が悪くてどこにも擁護する人などいない「陰口」というものにも、それがわれわれ自身に向けられてそれゆえこちらがことのほか不愉快になるにせよ、それが第三者についてわれわれの知らなかったことを教えてくれるにせよ、それなりの心理的効用がある〔……〕。精神が外観にすぎないものを実体だと想いこむ、そんなまがいの見解に安住するのを妨げてくれるのが陰口なのだ。陰口は、観念論哲学者の奇術のような手際のよさで、そうした外観を裏返して、たちどころに布地の裏側の思いがけぬ一角をわれわれに示してくれる。

ソドムとゴモラ ⑨四三八

友情

友情の長所と短所（サン＝ルーとの交友をめぐって）

友情というものは、われわれ自身の唯一の現実であって他人には（芸術という手段による以外には）伝達できない部分を、うわべだけの自我のために犠牲にする努力にほかならない。そんな表面の自我は、それとはべつの深い自我のように自分自身のうちに歓びを見出すことはせず、自分が外部の支柱にささえられ、他人の心のなかで歓待されると感じることに、曖昧模糊とした感動をおぼえる。そんな感動にあっては、他人から授けられる力添えが嬉しく、その幸福感を相手への賛同で表明し、相手の長所に感嘆するが、じつはその長所たるや自分自身に見出せば欠点と呼んで矯正したくなるしろものなのだ。ただし、友情を軽蔑する人間ならば、自責の念に駆られはしても幻想に惑わされることはなく、この世で最良の友になることができる。というのも自己のうちに傑作を宿して仕事のために生きるのが自分の務めだと自覚している芸術家でも、そうはいっても自分がエゴイストだと思われぬよう、あるいはエゴイストになってしまわぬよう、つまらぬ大義名分のために命を投げだすからで、できれば命を落としたくないと考える理由がほかでもない無私無欲のものであるだけになおさら勇敢に命を投げだしてしまうからだ。とはいえ友情にかんする私の見解がどのようなものであっても、友情が私に授けてくれる喜び、つまり疲労と退屈との中間に位置づけられる平々凡々たる喜びだけについて言えば、たとえそんな有害な飲みものでも、われわれが必要とした刺激を与えてくれ、おのがうちには見出しえない熱気をもたらし、ときに貴重な強壮剤となってくれるのである。

ゲルマント ⑦ 一二二―一二三

友情は欺瞞（同前）

人間というものは、外からさまざまな石をつけ加えてつくる建物ではなく、自分自身の樹液で幹や茎につぎつぎと節《せつ》をつくり、そこから上層に葉叢《はむら》を伸ばしてゆく樹木のような存在である。私が自分自身を偽り、実際に正真正銘の成長をとげて自分が幸せになる発展を中断してしまうのは、サン＝ルーのように親切で頭のいい引っ張りだこの人物から愛され賞讃されたというので嬉しくなり、自身の内部の不分明な印象を解明するという本来の義務のために知性を働かせるのではなく、その知性を友人のことばの解明に動員してしまうときである。そんなときの私は、友のことばを自分自身にくり返し言うことによって――正確に言うなら、自分の内に生きてはいるが自分とはべつの存在、考えるという重荷をつねに委託して安心できるその存在に、私に向けて友のことばをくり返し言わせることによって——、わが友にある美点を見出そうと努めていた。その美点は、私が真にひとりで黙って追い求める美点とは異なり、ロベール〔ド・サン＝ルー〕や私自身や私の人生にいっそうの価値を付与してくれる美点である。そんなふうに友人が感じさせてくれる美点に浸ると、私は甘やかされてぬくぬくと孤独から守られ、友人のためなら自分自身をも犠牲にしたいという気高い心をいだくように見えるが、じつのところ自己の理想を実現することなど不可能になるのだ。〔……これを〕欺瞞というのは、われわれ人間は救いようもなく孤独であるのにそうではないと信じこませたり、ほかの人と話しているとき、話している主体はもはや他人とは画然と区別されるわれわれ自身ではなく、他人に似せてつくられたわれわれ自身であるのに、この事実を認めるのを妨げたりするからである。

花咲く乙女 ④五六四—五六五

嘘

嘘は蔓延する

人は自分が欲望をいだくのは罪なきことだと考え、他人が欲望をいだくのはおぞましいことだと考える。われわれ自身に関することと、われわれが愛する女性に関することとのあいだに認められるこのような対比は、なにも欲望だけに当てはまるわけではなく、嘘にも当てはまる。たとえばふだん身体が弱いのにそれを表に出さず丈夫そうに見せかけるとか、ある悪癖を隠すとか、他人の機嫌を損ねないよう配慮しつつ自分の好き勝手にやるとか、嘘ほどありふれたものがあるだろうか？　嘘とは、最も必要にして最もよく使われる自己保存の道具なのである。ところが嘘こそは、われわれが愛する女性の生活から僭越にも追放しようとするもので、至るところで嘘を見張り、嗅ぎつけ、毛嫌いするのだ。嘘はわれわれを動転させ、それだけで仲違いを招くもので、その嘘がじつに巧妙に過ちを隠していてなんの疑念もいだかせない場合をべつにすれば、嘘はわれわれにことのほか重大な過ちを隠しているように見える。至るところに蔓延している病原体にわれわれがこれほど敏感になるのは、なんとも異様な事態である。ほかの人たちにはありきたりで無害なこの病原体が、それにたいする免疫を喪失した不幸な男には深刻なものとなるのだ！

囚われの女　⑩三八一―三八二

フェリックス・ヴァロットン『嘘』(1897)

いちばん嘘をつく相手は自分自身

よそ者のなかには、その人に軽蔑されるのが最も辛いのでわれわれがいちばんよく嘘をつく相手、つまりわれわれ自身をつねに入れておくべきである〔……〕。

ソドムとゴモラ ⑨六九

嘘はのちに真実になりうる（恋人への本心を偽った発言について）

時がたつと、嘘のつもりで言っていたことがどれも少しずつ真実になる。

消え去ったアルベルチーヌ ⑫一〇七

III

愛と性

L'amour et
la sexualité

第Ⅲ章であつかう「愛と性」は、『失われた時を求めて』の中心主題のひとつである。そこには主人公「私」の乙女たちへの憧憬が描かれているばかりか、恋の発端から終焉にいたるあらゆる局面に関する省察が盛りこまれている。恋心が芽生えるきっかけはなにか？　恋するとはいかなる事態なのか？　恋が対象とするのはほんとうに目の前にいる相手なのか？　性愛や嫉妬の本質はどこにあるのか？　失恋の悲嘆はいかに癒え、忘却に至るのか？　作家がソドムとゴモラと呼び慣わす同性愛とはどのような心的現実なのか？　これらの問いにプルーストは、常識とは相容れない、それでいて深く首肯せざるをえない省察を提示する。

第Ⅲ章扉絵「一輪の花に擬して描かれた女性」
草稿帳「カイエ64」に記されたいたずら書き。

恋の発端

スワン嬢のまなざし（散歩中、スワン家の別荘の生け垣越しにスワン嬢ジルベルトを見かける）

と、突然、私は足を止め、もはや身動きできなくなった。それはある光景がわれわれのまなざしに到来しただけでなく、はるかに深い知覚作用を求め、われわれの全存在を意のままにしたときにおこる現象である。赤みをおびたブロンドの髪の少女が、散歩から戻ったところといった風情で、園芸用のスコップを手に、バラ色のそばかすの顔をあげ、じっと私たちを見つめていた。黒い目が輝いていたが、そのときも以降も私は、強烈な印象を客観的構成要素にわける術を知らず、また人のいう「観察眼」を充分に備えていなくて目の色という概念だけをとり出すことができず、長いあいだ少女のことを考えるたびに、髪がブロンドだから、その目の輝きの想い出はただちに鮮やかな青としてあらわれた。そんなわけで、かりにあれほど黒い目をしていなかったら——その黒い目はその少女に最初に会ってじつに強く印象に残ることである——、少女のとりわけ青い目に現にそうなったほど恋いこがれることはなかっただろう。私のほうも少女を見つめた。最初のまなざしは、目の代弁者というだけでなく、不安で立ちすくむときには全感覚がまなざしという窓に動員されるように、眺める相手の肉体とともにその魂にまで触れ、それを捉えて連れてゆこうとするまなざしである。

コンブレー ①三〇八—三〇九

ゲルマント公爵夫人のまなざし(コンブレーの教会ではじめて夫人を見かけて)

それにしてもなんてすばらしい自立性を備えているのだろう、人間のまなざしは——顔にロープでつながれているが、ロープがじつにゆるくて長く伸縮自在なので、顔から遠く離れ、まなざしだけがひとり散歩できるのだ——。ゲルマント夫人が小礼拝室の先祖の墓のうえに座っているあいだも、そのまなざしはあちこちにさまよい、立ちならぶ柱に沿ってうえにあがったかと思うと、こんどは私のうえに止まった。まるで身廊のなかに迷いこんだ陽の光に撫でられたみたいで、私には陽の光さえも意識ある存在に思えた。それにひきかえじっと身動きせずに座っているゲルマント夫人のほうは、遊びまわって母親に面識のない人にまで話しかける子供たちの、やんちゃで大胆な行動やぶしつけな振る舞いが目に入らない母親にそっくりだったから、私には、夫人が手持ち無沙汰な心のなかでおのがまなざしの放浪ぶりを是認しているのか咎《とが》めているのかわからなかった。

コンブレー ①三七七

私は、夫人がミサの最中に、まるでジルベール・ル・モーヴェのステンドグラスを通過してきた陽の光かと思えるほどに青いまなざしを私のうえに止まらせたことを想い出し、「きっと夫人はぼくに注目してるんだ」と思った。私のことが気に入ったのだから、教会を出てもなお私のことを考えるだろう、ゲルマントに帰ると夜は私のせいで悲しい想いをするかもしれない、とまで考えた。するともう、愛しているのだった。というのもひとりの女性を愛するには、ときにはスワン嬢がそうしたと信じこんだときのように、その女性がわれわれを軽蔑の眼《まなこ》で見つめ、これではとても決してものにならないと考えるだけで充分な場合もあるし、ときにはゲルマント夫人がそうしたように、その女性がわれわれを好意の目で見つめ、もしかするとものになるかもしれないと考えるだけで充分な場合もある。

コンブレー ①三八〇

恋心の発生

恋のあらゆる生産方式のなかで、つまりこの神聖な病いの伝播要因のなかで、もっとも効果的なものがある。それはときにわれわれに降りかかって動揺をひきおこす大いなる息吹である。その瞬間に運命の賽《さい》は投げられ、その時点で楽しくすごしていた相手がわれわれの愛する人となるのだ。そのときまでは相手を他の人より気に入っていたり、いや、同程度に気に入っていたりする必要さえない。必要なのは、その相手に向ける好みが他を排除する唯一のものになることだけである。しかもこの条件が実現するのは――相手が目の前にいないこの瞬間に――、相手が同意のうえで与えてくれた楽しみを追い求めるかわりに、突然われわれの心中に、この同じ相手を対象とする不安な欲求が生じるときである。それは理不尽な欲求であり、この世の法則からして充たすのも不可能で癒すのも困難なのだが、要するに相手を所有したいという非常識で痛ましい欲求なのだ。

スワンの恋　②一一三―一一四

乙女たちへの憧れ

駆けてきたジルベルト（少年の「私」と一緒にシャンゼリゼ公園で遊んでいたとき）

と、すでにジルベルトが一目散に私のほうに駆けてくる。毛皮の四角い縁なし帽の下の顔がきらきらと赤く輝いているのは、寒さに凍えているのみならず、なんとか遅れをとり戻して早く遊びたい気持に駆られているからだ。もうすこしで私のところに着く直前、ジルベルトは氷のうえで滑ると、うまくバランスをとろうとしたからか、そのほうが優雅だと考えたからか、それともスケートの姿勢のマネをしたのか、両腕を大きく広げて微笑みながら進んできた。まるで両腕のなかに私を迎え入れようとせんばかりである。

土地の名　②四五八

娘たちと海（バルベック海岸で出会った乙女たちについて）

娘たちがどこか町に出かけるというので私も行こうと考えたときでさえ、そこに見出せると私が期待したのは海であった。脇目もふらずある人を愛すると、つねにべつのものを愛することになるのである。

花咲く乙女 ④四一五

ジャン＝エミール・ラブールール
『花咲く乙女たちのかげに』の挿絵(1946)

娘たちの笑顔（海岸で「花咲く乙女たち」と遊んだとき）

おやつを食べるとき、たまたま私がだれかの喜びそうなちょっとしたお土産を持って来ていると、娘たちの透きとおる顔のなかにどっと歓喜が流れこみ、顔は一瞬のうちに真っ赤になり、口からは抑えきれない歓びがあふれ、それが笑い声としてはじける。娘たちは私のまわりに集まっている。その寄せあった顔と顔とを隔てる空気は青空の小径となり、バラの茂みのなかに庭師だけが通れるように設けられた小径を想わせた。

花咲く乙女　④五五九

娘たちを捉える

娘たちを捉える視覚は、他のもろもろの感覚の代表として派遣されたと言っても過言ではなく、匂いや触感や味など相手のさまざまな美点をつぎつぎと探りだし、手や唇の助けがなくてもそれを味わうのだ。これらもろもろの感覚は、欲望ならではの移し替えの技《わざ》と総合の才を発揮して、頬や胸元の色合いを見ただけで手による愛撫や舌による賞味など許されない接触をつくりだし、まるでバラ園にいて甘い蜜を集めたりブドウ畑にいて眼で房にしゃぶりついたりするときと同じ、蜜のようなとろみを娘たちに与えるのである。

花咲く乙女　④五三三―五三四

娘たちの声

娘たちの声は、もしかすると顔よりも悩ましい存在で(というのも声は、顔と同じように特異で官能的な表面を提示するだけではなく、近づきえない深淵をのぞかせ、かなわぬ接吻と同じく頭をくらくらさせるからだ)、小さな楽器の独特の音にも似て、ひとりひとりの娘がそっくり含まれる、その娘だけの楽器なのだ。

花咲く乙女 ④五八六

アルベルチーヌの手(バルベックの断崖のうえで遊んだとき)

ふっくらしたアルベルチーヌの手は、握りしめると一瞬その圧力にたわみはするが、すぐに押しかえしてくる弾力があり、きわめて特異な感触を与えてくれる。アルベルチーヌの手の弾力の官能的なやわらかさは、かすかにモーヴ色を帯びた肌のバラ色とみごとに調和している。その弾力は、まるでハトのくうくう鳴く声やある種の叫び声のようにみだらなこの娘の笑い声の響きと同じで、娘のなかの官能の奥にまで入り込ませてくれる感触がある。この弾力は、その手を握るのが大きな歓びとなる女性に特有のもので、若い男女が近づいて挨拶するときに手を握ることを許した文明に感謝したくなる。かりに礼儀作法を定める恣意的な慣習によって握手がべつの行為に置き換えられていたら、私は毎日アルベルチーヌの触れるべからざる手を眺めることしかできず、その手に触れることに、その頬の味を知りたいと願うときと同じほどの熱烈な好奇心を覚えたにちがいない。

花咲く乙女 ④五八七—五八八

恋するとは

「どうしてこの中にあなたのお心も忘れてくださらなかったのでしょう、それならお返ししませんでしたのに。」

スワンの恋 ②九三

オデットの手紙（シガレット・ケースを忘れたスワンへ）

甘い期待

ジルベルトが、私にはその気〔仲直りをする気〕がないと悟って、元旦を口実にこんな手紙を寄こすのではないかという希望である。「いったい、どうなさったの？　あたしはあなたに夢中なのよ。何もかも打ち明けて話し合えるよう、いらしてください。あなたに会わずには生きてゆけません。」年の瀬の押し迫ったころには、私はそんな手紙が来るような気がした。そんな手紙は来るはずもなかったのかもしれないが、そうなるだろうと思うには、そうあってほしいという願望、欲求があれば充分である。兵士は戦死するまでに、盗人は捕まるまでに、ふつうの人は死ぬべきときが来るまでに、自分に与えられる一定の猶予がいつまでも延長されるものと信じている。

空しい恋心（ジルベルトに会えない日々）

スワン夫人 ③三九四

私にしても、ジルベルトを想う気持をまだ自分からも打ち明けてはいなかった。なるほど私はノートというノートのあらゆるページに、その名前と住所を際限もなく書きつけていた。とはいえそれを見ると、このように取るに足りない文字を書き連ねたところでジルベルトが私のことを考えてくれるわけではなく、その文字で私の身近に存在するように見えたからといってジルベルトが今まで以上に自分の人生の一部になるわけでないとわかり、私は意気消沈した。この文字の語っているのが、それを目にすることさえないジルベルトのことではなく、私自身の欲望にすぎないことがわかったからで、その欲望もまったく個人的なもので、現実味を欠いた、うんざりするだけの無力なものと思い知らされたからである。

土地の名 ②四六二

恋の告白ができない理由

人はある年齢を超えると、自尊心や明敏さゆえに、いちばん欲しいと思っているものにさして執着しないふりをする。しかも恋愛にあっては、単なる明敏さは――もっともこれはおそらく真の明敏さではないのだろう――、たちまち人を否応なしに二枚舌の天才にしてしまう。私が子供のころ、恋愛で最も甘美なものとして夢見たこと、恋愛の精髄そのものと思われたこと、それは愛する人を前に、自分の愛情を、その人の親切にたいする感謝の念を、いつまでもいっしょに暮らしたいという願いを、心おきなく吐露することだった。ところが私は、自分自身の経験や友人たちの経験からして、そのような感情の表出がとうてい相手に伝わるものではないことを悟った。〔……〕いったんこのことに気がつくと、人はもはや「本心をさらけだす」のをやめてしまう。

囚われの女 ⑪三五〇―三五一

恋とは病い（アルベルチーヌへの疑念に襲われて）

もしわれわれが脚や腕のような肢体しか持たないのであれば人生は耐えやすいだろうが、残念ながらわれわれは内部に心と呼ばれる小さな器官を持っている。この器官はある種の病気にかかりやすく、その病気に罹患すると、ある特定の人間の生活にかんするあらゆることがらに限りなく敏感になり、その人間から出てきた嘘が――この嘘なるものは、われわれ自身がつくにせよ他人がつくにせよ、なんとも無害なもので、われわれは普段そんな嘘に囲まれていとも元気に暮らしているにもかかわらず――その小さな心に耐えがたい発作をひきおこすので、われわれはその心を外科的に摘出してもらいたいと考えるほどだ。

囚われの女 ⑪八一

恋は「人間存在の謎をいっそう深く問いつめさせる」（オデットに恋して）

「あの女」とはなにか、スワンはそれを考えてみた。というのもそう問わせるのは、恋と死について昔からさまざまによく言われる漠然とした類似ではなく、人間存在の現実はとうてい把えきれないのではないかと怖れはするものの、両者ともわれわれに人間存在の謎をいっそう深く問いつめさせるという類似なのだ。そしてスワンの恋という病いは、あまりにも多様化し、スワンのありとあらゆる習慣のなかに、あらゆる行為や思考や体調や睡眠のなかに、要するにスワンの人生のなかに、いや、死後にそうありたいと願っているもののなかにまで深く浸透していたから、スワン本人をほぼそっくり破壊するのでなければその病いを除去することはできなかったであろう。もはやその恋は、外科でいう手術不能だったのである。

スワンの恋 ②二七二―二七三

愛をかき立てるのは拒絶

愛情の具体的なあらわれにおいて効果的なのは、どんな化粧品やどれほど立派な衣装にもまして、不在や、晩餐の拒絶や、意図せず無意識にくり出すつれない仕打ちなのだ。もしこの観点から世渡りの術を教えたなら、出世する者が続出するだろう。

ゲルマント ⑦八〇

愛をかき立てるのは沈黙

沈黙は力である、と言った人がいる。それとはまるでべつの意味であるが、沈黙は愛されている側の人間によって意のままに行使されると、恐ろしい力を発揮する。待つ者の不安を募らせるのである。相手から遠ざけられていることほど、その相手に近づきたいと思わせる要因はないし、そもそも沈黙以上に越えがたい障壁があるだろうか？ 沈黙は拷問であり、監獄で沈黙を強いられた者は発狂することがある、と言った人もいる。だが、愛する相手の沈黙に耐えることは——自分が沈黙を守ることにもまして——なんという拷問であろう！

ゲルマント ⑤二六四

愛で苦しまないためには

「愛」の場合も（この「愛」には人生への愛や名誉への愛もつけ加えよう、このふたつの感情をいだく人は多いと言われているから）、騒音にたいしてそれが止むのを願うのではなく自分の耳を塞いでしまう人たちのように振る舞うべきではないのか。われわれの注意、防衛策をおのが内部にふり向けて削減をはかるべきは、われわれが愛する外部の存在ではなく、その存在のせいで苦しむわれわれの能力のほうではないだろうか。

ゲルマント ⑤一六二

恋の対象

恋する相手を想う

人を愛すると、その人が参画する未知の生活に自分も参入できると想いこむものだ。それこそ恋心の発生に必要ないちばん大事なもので、ほかはすべて軽視してもよい。男のことは容姿だけで判断すると言いはる女性でも、その容姿に特殊な生活の発露を見ているものである。そのような女性は、えてして軍人や消防士が好きになる。相手が制服を着ていると、容貌はさほど気にならない。鎧甲《よろいかぶと》に包まれた、冒険好きで、心根の優しい人と寝るような気がするのである。

コンブレー ①二二八

愛の対象は「所有するに至らないもの」

人が愛するのは、いまだ完全に所有するに至らないものだけである。

囚われの女 ⑩二三〇

愛の対象とは「自分の愛情」の投影

恋愛というものがその身勝手さにおいて限りのないものである以上、われわれが愛の対象とするのは、その知的かつ精神的な相貌がわれわれにとって客観的にはなんら明確になっていない人間とならざるをえず、われわれは自分の欲望や懸念に応じてその人間にたえず修正を加え、われわれ自身から切り離さぬようにしているから、愛の対象となった人間とは、われわれが自分の愛情を外部へ投影する茫漠とした広大な場所にすぎない。

消え去ったアルベルチーヌ ⑫一七九―一八〇

恋というペテン

恋というものがいとも恐ろしいペテンである所以は、われわれを外界の女性とではなく、まずはこちらの脳裏に棲まう人形とたわむれさせる点にある。もっともその人形こそ、われわれがつねに自由にでき、わがものにできる唯一の存在である。想像力とほぼ同様の完全に恣意的な想い出がつくりあげたそんな唯一の存在が現実の女性と違うのは、夢みたバルベックが私にとって現実のバルベックと異なるのに等しい。そんな人為的につくられた女性に、われわれは現実の女性を無理やり少しずつ似せようとして苦しむはめになる。

ゲルマント ⑦七四

愛しいモデルはピンぼけ

相手を愛していなければ、ふつうは動かないように固定できる。ところが愛《いと》しいモデルはその反対にすこしもじっとしていなくて、ピンぼけの写真しか撮れない。

スワン夫人 ③一四五

恋においては「悪い選択」しかない

恋愛において、それは悪い選択だと言うのは間違っている。なぜなら恋愛においては、選択をすると、悪い選択にしかなりえないからである。

消え去ったアルベルチーヌ ⑫四二六—四二七

愛する女性は性格を持たない

小説家が、ほかの登場人物にはさまざまな性格を描き分ける一方で、愛する女性にはなにひとつ性格を与えない配慮をするなら、それによって新たな真実をもうひとつ表明することになるかもしれない。われわれは無関係な人の性格には通じているが、われわれの人生と区別できずやがて自分自身と切り離せなくなる人の性格、その人の動機について絶え間なくあれこれ不安にみちた仮説を立ててはその仮説をたえず修正しているような人の性格など、どうして把握できるだろう？

花咲く乙女 ④五三七—五三八

愛する女性はヤヌス

われわれの愛している人間は、いや、ある意味であらゆる人間は、われわれにとってヤヌス〔ローマ神話の扉口の神。表裏にふたつの顔をもつ〕のようなもので、去ってゆくときにはこちらに好もしい顔を見せるが、永久に思いどおりになるとわかっていると冴えない顔を見せる。

囚われの女 ⑩四〇三

「神秘の鳥」と「籠の鳥」（バルベック海岸で最初に見たアルベルチーヌと、同居した後の違い）

私がかつてアルベルチーヌに目を奪われたのは、相手を神秘の鳥とみなしたからで、ついで皆の欲望をそそって誰かのものになっているやもしれぬ浜辺の大女優とみなしたからにほかならない。ある夕方、どこから来たのかも定かでないカモメの群れのような娘の一団にとり巻かれて堤防のうえをゆっくり歩いてくるのを見かけた、そんな鳥であったアルベルチーヌも、ひとたびわが家の籠の鳥と化すと、ほかの人のものになる可能性をいっさい喪失するとともに、あらゆる生彩を喪失してしまった。かくしてアルベルチーヌはすこしずつその美しさを失ったのである。

囚われの女 ⑩三八六―三八七

「水陸両棲の恋」（アルベルチーヌと同居して）

アルベルチーヌのそばで感じるいささか重苦しい倦怠と、輝かしいイメージと哀惜の念にみちた身震いするほどの欲望とが交互にあらわれたのは、アルベルチーヌが私の部屋でそばにいるかと思えば、ふたたび自由を与えられ、私の記憶のなかの堤防のうえで、例の陽気な浜辺の衣装をまとって海鳴りの楽奏に合わせて振る舞うからで、あるときはそうした環境から抜け出し、私のものとなって、さしたる価値もなくなり、あるときはその環境へ舞い戻り、私の知るよしもない過去のなかへ逃れて、恋人である例の婦人のそばで、波のしぶきや太陽のまばゆさに劣らず私を侮辱する、そんなアルベルチーヌは、浜辺に戻されるかと思えば私の部屋に入れられ、いわば水陸両棲の恋の対象だったのである。

囚われの女 ⑩三八九

無数のアルベルチーヌ（亡き恋人の想い出）

アルベルチーヌの想い出のせいできわめて苦痛に満ちたものになったこの数年がその想い出に焼きつけていたのは、六月の午後の終わりから冬の夜に至る、また海上にかかる月明かりから家路につく明けがたに至る、さらにはパリの雪からサン゠クルー〔アルベルチーヌと散歩したパリ郊外の町〕の枯葉に至る、そのときどきの季節や時刻の、変わりゆく色彩であり、さまざまな様相であり、余燼であったのみならず、私がアルベルチーヌにつぎつぎといだいた特別な想念や、そのときどきに想い描いたアルベルチーヌの容貌や、それぞれの季節にアルベルチーヌに会った間遠《まどお》だったり頻繁だったりした頻度や、アルベルチーヌを待つことでひきおこされた激しい不安や、ある瞬間にアルベルチーヌに見出した魅力や、膨らませては消えていった希望などの、変わりゆく色彩でもあり、さまざまな様相でもあり、余燼でもあった。これらすべては、振り返ったときの悲哀の性格はもとより、その悲哀と結びついた光や香りの印象までをも同じように変更したうえ、春や秋や冬がめぐってくるとアルベルチーヌと切り離しえない想い出ゆえにすでに悲しいものとなっていた太陽年の一年一年に、いわば感情の一年をつけ加えてそれを補完したのである。

消え去ったアルベルチーヌ ⑫一六一―一六二

アルベルチーヌは「偉大な「時」の女神」（恋人との同居について）

解決なき過去の探究へと残忍にも私を駆り立てる点でアルベルチーヌは、むしろ偉大な「時」の女神かと思われた。しかしそのアルベルチーヌのために私が何年もの歳月と財産を失わなければならなかったとしても、それでアルベルチーヌのほうはなにも失わなかったと私自身が思えるのなら――そう思えるかはあいにく定かではないが――、私にはなんの悔いも残らない。たしかに孤独な暮らしにははるかに価値があり、はるかに実り豊かで、これほどの苦しみはなかっただろう。しかしスワンが私に勧めた蒐集家の生活、シャルリュス氏が才気と傲慢と趣味のよさを交えて私に「なんて殺風景なんだ、あなたの住まいは！」と言って、私が知らないことを咎めた蒐集家の生活をしていたら、長いこと探し求めてようやく手に入れた彫像や画は、最善の場合を想定するとして無私の目でじっくり眺めたその彫像や画は、小さな傷口のように、はたして私自身の外への通路をつけてくれたであろうか？　すぐに癒着してもアルベルチーヌや冷淡な人たちや私自身の想いの軽率な不手際のせいで早晩ふたたび開いてしまうその傷口は、私的な小さな通路にすぎないが、われわれが辛酸をなめてはじめて知りうる他人の生活なるものがくり広げられる大きな街道に通じているのである。

囚われの女 ⑪四五六—四五七

愛とは「心に感じられるようになった空間と時間」

アルベルチーヌは、なんと多くの連中を、なんと多くの場所を(たとえ本人には直接の関係がない場所でも、アルベルチーヌが快楽を味わったかもしれぬ漠然とした歓楽の場所や、大勢の人で混みあって身体が触れあう場所を)、その連中や場所など気にもかけていなかった私の想像力と記憶の入口から——入口の検札の前に立って、連れの一行をどんどん劇場内へ入れてしまう人のように——私の心のなかに導き入れたことか！ いまやその連中や場所にかんする私の認識は、心中で、即座に反応し、痙攣をひきおこして苦痛を与えるものとなった。愛とは、心に感じられるようになった空間と時間なのだ。

囚われの女 ⑪四五三

恋の初期の接吻（ヴァントゥイユのソナタを背景に）

〔スワンは〕オデットにその楽節を一〇度となく二〇度となく弾かせ、同時に、たえず接吻を求めた。接吻するたびに、さらに接吻が生まれる。このような恋の初期には、なんと自然に接吻が生まれることだろう！　つぎからつぎへと湧き出すので、一時間に交わした接吻を数えようとしても、五月の野に咲く花と同じでとうてい数えきれるものではない。

スワンの恋　②一二七

接吻の分析（はじめてアルベルチーヌに接吻したときの考察）

私は肉体というこのバラの味をこれから知ることになると思いこんでいたが、それはウニと比べて、いやクジラと比べても明らかに一段と進化した生物である人間でも、やはり肝心の器官をいくつか欠いていること、とりわけ接吻に役立つ器官をなんら備えていないことに想い至らなかったからだ。人はこの欠けた器官を唇によって補っているので、愛する女性を角質化した牙で愛撫せざるをえない場合よりは、いくらかは満足できる成果が得られているのかもしれぬ。だが唇というものは、食欲をそそる対象の風味を口蓋《こうがい》に伝えるには適した器官であるが、頬を味わうにもそこには入りこめず、囲いの壁につき当たってその表面をさまようのに甘んじるほかなく、対象を間違えたとは理解できず、当てが外れたとも認めはしない。そもそも唇は、たとえはるかに熟練して上達した唇だとしても、肉にじかに触れているその瞬間でさえ、自然が現段階では捉えさせてくれない風味をそれ以上に味わうことはできないだろう。というのも唇がその糧をなにひとつ見出しえないこの地帯では、唇は孤独で、ずいぶん前から視線にも、ついで嗅覚にも見放されているからである。

ゲルマント ⑦六〇―六一

私の唇がアルベルチーヌの頬に達するまでの短い行程のあいだに、その人が秘めるあらゆる可能性がまるで容器からつぎつぎと取り出されたかのように、私には無数のアルベルチーヌが見えた。この娘は、いくつもの顔をもつひとりの女神よろしく、私が最後に見た娘に近づこうとすると、すぐさまべつの娘に変わってしまう。すくなくとも私が娘に触れるまでは、その顔は見えたし、娘からはかすかな芳香も伝わってきた。ところが残念ながら――接吻のためには、唇が適していないのと同じく鼻孔と目の位置も不適切である――突然、目が見えなくなり、ついで鼻が押しつぶされてなんの匂いも感じなくなり、だからといってあれほど望んだバラ色の味をそれ以上に深く知ることもなく、こうした不愉快な徴候によって私は、とうとう自分がアルベルチーヌの頬に接吻しているのだと悟った。

ゲルマント ⑦六三

性愛にともなう献身（恋人とはじめて結ばれたとき）

私がベッドに横になってアルベルチーヌを愛撫しはじめたとき、すでに相手は私に見せたことのない表情をして、好意あふれる従順な子供を想わせる率直な顔になっていた。快楽に先立つしばしのあいだ、アルベルチーヌからは普段の気がかりや思いあがりがことごとく消え去り、その点では死のあとの一瞬にも似て、初々しくなった目鼻立ちは乳児期のような無垢をとり戻していた。いきなり才能を発揮させられた人はだれしも、たしかに謙虚で、きまじめで、魅力的になる。とりわけその才能によって相手に大きな快楽を与えるすべを心得ている場合、そのことが自分でも嬉しいのか、相手に与える快楽を完全無欠なものにしようとする。しかしアルベルチーヌの顔にあらわれたこの新たな表情には、無私無欲とか、職業の命じる自覚や寛大さとかを越えた、人間の身に備わる献身がとっさに表に出たような趣があった。アルベルチーヌは、おのが幼少期よりもはるか昔の、女性という種の揺籃期へと戻っていたのである。

ゲルマント ⑦六五―六六

性愛は人を輝かせる（父親が娘の同性の恋人を称えたことについて）

ある人物が、肉体関係をもつ相手の親族から、つねにその精神的価値を称賛されるというのは、実際、注目すべきことである。性愛は、不当にも評判の悪いものだが、あらゆる人に手持ちのどんなに小さな善意や自己放棄までも出し尽くすよう強いるので、その美点がすぐそばにいる人の目に輝いて見えるのだ。

コンブレー ①三二一

嫉妬

嫉妬とは

嫉妬とは、たいていの場合、不安な独裁欲が色恋沙汰に行使されたものにほかならない。

囚われの女 ⑩一九六

嫉妬のメカニズム（オデットに疑念をいだくスワン）

恋心に寄りそう影ともいうべき嫉妬心は、ただちにこの想い出と表裏一体をなす分身をつくりだす。その夜、オデットが投げかけてくれた新たな微笑みには、いまや反対の、スワンを嘲笑しつつべつの男への恋心を秘めた微笑みがつけ加わり、あの傾けた顔には、べつの唇へと傾けられた顔が加わり、スワンに示してくれたあらゆる愛情のしるしには、べつの男に献げられた愛情のしるしが加わる。かくしてオデットの家からもち帰る官能的な想い出のひとつひとつは、室内装飾家の提案する下絵や「設計図」と同じような役割を演じることになり、そのおかげでスワンは、女がほかの男といるときにどんな熱烈な姿態やどんな恍惚の仕草をするのかが想像できるようになった。あげくにスワンは、オデットのそばで味わった快楽のひとつひとつ、ふたりで編み出したとはいえ不用意にもその快さを女に教えてしまった愛撫のひとつひとつ、女のうちに発見した魅惑のひとつひとつを後悔するにいたった。いっときするとそうしたものが新たな道具となって、拷問にも等しい責め苦を増大させることになるのを承知していたからである。

スワンの恋 ②二〇九

嫉妬は歴史家に似る

嫉妬とは、つねに過去をふり返る点で歴史家に似ているが、ただしなんの史料もなく歴史を書かざるをえない歴史家のようなものである。嫉妬は、つねに手遅れになって慌てふためく点では猛り狂った牡牛のようなもので、槍を何本も突き立てて自分を怒らせる相手めがけて突進するが、誇り高く凜々《りり》しい相手はすでに身をかわしていて、その華麗にして狡猾なわざに残忍な群衆が拍手喝采するばかりである。

囚われの女 ⑩三二九

恋人の不実を疑うのは自分が不実だから

私が完全に恋人に忠実な人間であったなら、不実など思いつくことさえできず、それゆえ不実に苦しむこともなかったであろう。ところがアルベルチーヌのなかに私が想いうかべて苦しんでいたのは、新たな女たちに好かれたい、小説じみた新たな冒険のきっかけをつくりたいという、私自身の絶えざる欲望であった。それはほかでもない、このあいだアルベルチーヌが脇にいたにもかかわらず、私がブーローニュの森のテーブルに腰かけていたサイクリングの娘たちに投げかけずにはいられなかったあのまなざしを、アルベルチーヌにも想定することだった。認識には自分自身の認識しか存在しないように、嫉妬にもまた自分自身の嫉妬しか存在しないと言っても過言ではない。人が認識と苦痛をとり出すことができるのは、自分自身が感じた快楽からでしかないのだ。

囚われの女 ⑪**四五四**

嫉妬は恋人の死後にまでつづく(アルベルチーヌへの恋心について)

このように嫉妬には果てしがないのだ。というのもたとえば愛する相手が死んでしまい、もはやその行為によって嫉妬を誘発できなくなっても、あらゆる事件の後でさまざまな想い出が、記憶のなかで突然これまた事件のように振る舞うことがあるからで、そうなると外的事実はなにひとつ加わらなくても、それまでは解明できず取るに足りぬものと思われていた想い出にわれわれ自身の考察がおよぶだけで、そこに新たな恐ろしい意味が付与される。なにもふたりでいる必要はなく、ひとりで部屋にいて想いをめぐらすだけで、たとえ恋人が死んでいようと、その恋人の新たな裏切りが生じるのである。したがって恋愛において恐れなければならないのは、日常生活でも同じであるが、未来だけではなく、われわれにとってしばしば未来の後にのみ実現される過去なのだ。ここで私が過去というのは、遅ればせに知ることになる過去のことだけではなく、われわれがずいぶん以前から心中に保存していながら突然その解読法を身につける過去のことである。

囚われの女 ⑩一八八―一八九

嫉妬とは知りたいという欲求

外的事実の実態にせよ心を揺さぶる感情にせよ、それがいかに無数の推測をゆるす未知のことがらであるかをわれわれに発見させるのは、嫉妬の力のひとつである。われわれがさまざまな事態や他人の考えを正確に知っているつもりでいるのは、ただそれを気にかけていないという単純な理由による。ところがわれわれは、嫉妬ぶかい男と同様、知りたいという欲求にとり憑かれたとたん、万華鏡に目がくらんだようになにも識別できなくなる。

消え去ったアルベルチーヌ ⑫二二八

嫉妬の苦しみの効用

愛する相手のつくり話はそれどころかわれわれを苦しめるが、その苦しみのおかげでわれわれは、人間本性の表面で遊びたわむれるのに甘んじることなく、人間本性の認識にいささかなりともより深く参入することができるのである。悲嘆は心のなかに深くはいりこみ、苦痛にみちた好奇心を通じてわれわれに認識を深めることを強いるのだ。われわれにはそこから出てくるさまざまな真実を隠してしまう権利があるとは思われず、その結果、そうした真実を発見したのが、死後の虚無を確信して栄光など顧みない瀕死の無神論者であっても、残された最後の時間を費やしてその真実を知らしめようと努めるのである。

囚われの女 ⑩三二七—三二八

愛の喪失と忘却

苦痛は心理学を凌駕する

心理の探究において、苦痛はなんと心理学をもはるかに凌駕することだろう!

消え去ったアルベルチーヌ ⑫二三

無数のアルベルチーヌを忘れなければならない(アルベルチーヌの突然の訃報に接して)

アルベルチーヌの死が私の苦痛を消滅させるには、死の衝撃がトゥーレーヌ〔フランスの中部〕においてアルベルチーヌ自身を殺しただけでは不充分で、私の心中においてもアルベルチーヌを殺すことが必要だったろう。アルベルチーヌが私の心中でこれほど真に迫って生きていたことは一度もない。ある人間がわれわれの心中にはいりこむには、時間の形をとり時間の枠組みに従わざるをえず、その人間はつぎつぎと継起する瞬間にしかわれわれの前にあらわれないから、一度にその人の一面しか示してくれず、その人の一枚の写真しか提供してくれない。人間がただ一連の瞬間の集積のなかにしか存在しないのは、たしかに大きな弱点であるが、同時に大きな力にもなる。人間は記憶の管轄下にあり、ある瞬間の記憶にはその後に生じることはいっさい知らされていないので、記憶が銘記したその瞬間はなおも持続して生きつづけ、その瞬間にくっきり浮かびあがった人間もまた、その瞬間とともに生きつづける。しかもこの細分化は、死んだ女をただ生かしつづけるのみならず、その女の数を増やしてしまう。私が心の平静をとり戻すには、ひとりのアルベルチーヌではなく、無数のアルベルチーヌを忘れなければならなかった。ひとりのアルベルチーヌを失った悲嘆に耐えられるようになると、今度はもうひとりべつのアルベルチーヌと、いや無数のべつのアルベルチーヌと、同じことをやり直さなければならなかったのである。

消え去ったアルベルチーヌ ⑫一四二―一四三

恋人を失った苦痛（同前）

苦痛の消滅どころか、生じたのはそれまで知らずにいた苦痛、アルベルチーヌはもう戻ってこないと知る苦痛であった。だが私は、アルベルチーヌは戻ってこないかもしれないと何度も自分に言い聞かせていたのではないか？　実際、私は自分にそう言い聞かせていたが、いま気がついたのは、いっときたりともそれを信じていなかったことである。私の猜疑のつくりだす苦痛に耐えるにはアルベルチーヌがそばにいて接吻してくれる必要があったので、私はバルベック以来、つねにアルベルチーヌといっしょにいる習慣が身についていた。たとえアルベルチーヌが外出して、私がひとりきりのときでも、依然として接吻していた。アルベルチーヌがトゥーレーヌへ行ってからも、その接吻をつづけていたのだ。私が必要としていたのは、アルベルチーヌの貞節よりも、むしろ本人が戻ってくることだった。私の理性はときには平気でそれを疑問視することができたが、私の想像力は片時も休まずアルベルチーヌの帰還を想い描いていたのである。

消え去ったアルベルチーヌ ⑫ 一三八―一三九

忘却という恋愛の復路（アルベルチーヌを忘れる過程）

実際、いまや私は、アルベルチーヌを完全に忘れてしまう前に、あたかも往きと同じ道筋をたどって出発点へ戻ってくる旅行者のように、自分が大恋愛に到達するまでに通過してきたありとあらゆる感情を、こんどは逆向きにたどって元の無関心へ戻る必要があると感じていた。ところがこうした諸段階、過去のさまざまな瞬間は、じっと動かずにいるわけではなく、恐ろしい力を、つまりおめでたい無知という期待を保持しているせいで、その期待が、いまや過去となったのに幻覚のせいで回顧的にいっとき未来だと想いこんだ時へ向けて身を躍らすのだ。アルベルチーヌの手紙を読み直していて、そのなかでアルベルチーヌが今夜伺いますと告げていると、私は一瞬アルベルチーヌを待つ喜びを味わってしまう。二度と出かけないある土地からこうして同じ路線で戻るときには、往きにすでに通過したあらゆるリゾート地の名前や外観に見覚えがあり、そんなリゾート地のひとつで汽車が駅に停まっていると、そこから出発するとき、一瞬、往きがそうだったように、やって来た元の場所のほうへ発つものと錯覚することがある。錯覚はすぐに消えるが、いっとき、そちらへふたたび運ばれていくように感じるのだ。これが回想の残酷さである。

消え去ったアルベルチーヌ ⑫三一〇―三一一

悲嘆から癒えるとき（アルベルチーヌの死後、かなりの歳月が経って）

「あなた、私どもといっしょにあすオペラ＝コミックにいらっしゃいません？」と公爵夫人は私に言った。〔……〕しかし私は、悲しげな声で答えた、「いえ、お芝居には参りません、大そう愛していた女友だちを亡くしたものですから。」私はそう言いながら涙ぐみそうになったが、しかしそう言うことにはじめてある嬉しさを覚えた。このときからようやく私は、だれに宛てた手紙でも大きな悲嘆を味わったばかりだと書くことができるようになり、その悲嘆を感じなくなったのである。

同性愛（ソドムとゴモラ）

消え去ったアルベルチーヌ ⑫三八〇

ソドム（男性同性愛）の青年

そもそもこの青年が、気むずかしい愛人にたいして〔……〕「ぼくは女だ」と告白せぬように気をつけたとしても甲斐はなく、男のうちに無意識裡に存在する明々白々たる女が、まるで蔓《つる》植物のように、じつに狡猾、機敏かつ執拗に、男性の器官を探し求めるのだ！ 白い枕のうえに垂れたその巻き毛を眺めるだけで、この青年が夜になると、両親の意にも自分の意にも反して両親の手から抜け出してゆくとき、それは女を求めているのではないことがわかる。愛人がいくら青年を懲らしめ、閉じこめても、翌日になるとこの男＝女は、マルバアサガオがその巻きひげをツルハシや熊手のあるほうへ伸ばすように、どこかの男にまといつく手立てを見つけているだろう。われわれはこの男の顔のなかに、心を打つさまざまな気遣い、ほかの男たちには見られぬ気品ある自然な愛想のよさを見出して感嘆するのだから、この青年が求めているのはボクサーだと知ってどうして嘆くことがあろう？ これらは同じひとつの現実の、相異なる局面なのだ。さらに言えば、これらの局面のうちわれわれに嫌悪の情をいだかせる局面こそ、いちばん心を打つ局面であり、どんなに繊細な心遣いよりも感動的なのである。というのもそれは、自然が無意識のうちにおこなう感嘆すべき努力のあらわれにほかならないからだ。性をめぐるさまざまな欺瞞にもかかわらずこうして性がみずから企てる自己認識は、社会の当初の誤謬のせいで遠くに追いやられていたものへと忍び寄ろうとする秘かな企てに見える。

ソドムとゴモラ ⑧六五―六六

ソドムの男の不幸（シャルリュスの同性愛を目撃して）

〔シャルリュス〕氏の属している種族は、見かけほど矛盾した人間ではなく、男らしい男を理想とするのは、本人の気質が女であるからにほかならず、実生活がほかの男となんら変わらないのは外見だけにすぎない。人は、宇宙の万物を眺める目のなかにあらかじめ登録されたかのように、瞳の小さな表面に沈み彫り《インタリヨ》にしたシルエットを宿しているもので、この種族の人にとってはそれがニンフのシルエットではなく、美青年のシルエットなのだ。呪われた不幸にとり憑かれ、嘘をつき、偽りの誓いを立てて生きてゆかざるをえない種族なのだ。なぜなら、あらゆる人間にとって生きる最大の楽しみである自分の欲望が、罰せられる恥ずべきもの、とうてい人には言えぬものとみなされていることを承知しているからである。この種族は、自分の神をも否認せざるをえない。なぜなら、たとえキリスト教徒であっても、被告として法廷の証言台に立つときには、キリストの前でキリストの名において、まるで誹謗中傷から身を守るように、おのが生命にほかならぬものを否認しなければならないからである。母なき息子でもある。臨終の母の目を閉じてやるときでさえ、母に嘘をつかざるをえないからである。友情なき友でもある。自分の魅力をしばしば認めてくれる相手からどんなに友情を捧げられ、また往々にして優しくなる心ゆえ相手にどれほど友情をいだいても、嘘に頼ることでしか育たぬつき合い、ついつい信頼と真情のあふれる想いを打ち明けると相手から嫌われ追い返されてしまうつき合いを、はたして友情と呼べるだろうか？　ただし相手が偏見を持たぬ、思いやりのある人であれば話はべつであるが、その場合でも相手は、そんな種族にたいする旧態依然の心理に惑わされて、告白された悪徳とはまるで無縁の愛情でさえその悪徳から生じたものだと考えるだろう。判事によっては、原罪なり人種の宿命なりを根拠として、倒錯者は殺人を犯すもの、ユダヤ人は裏切りをするものと想定し、それを普通よりも大目にみる場合があるのと似ている。最後になるが——この種の人間について少なくとも当時の私が想い描いていたがあとで修正される理論によれば、こうした人間は自分こそものごとを理解して生きてゆけると錯覚し、そのせいで矛盾が見えなくなっているが、かりにその矛盾があらわになれば憤慨するにちがいない——、愛の希望があるからこそ幾多の危険や孤独を耐えしのぶ力が湧いてくるのに、その愛の可能性がほぼ閉ざされた恋人である。なぜなら、この恋人が想いを寄せるのは女らしい点をなんら持ちあわせぬ男、つまり倒錯者でない男である以上、その男から愛されるはずはないからである。そんなわけで金を払って本物の男を手に入れ、そのように金で身体を売った倒錯者を想像力によって本物の男と想いこむに至るのでなければ、この恋人の欲望はけっして充たされないだろう。

ソドムとゴモラ ⑧四九―五一

真正な男性同性愛〔シャルリュスの恋をめぐって〕

〔シャルリュス〕氏が直視しようとしなかったのは、千九百年も前から〔「信心深い君主のもとで信心深い廷臣も、神を信じない君主のもとでは神を信じない廷臣となっただろう」とラ・ブリュイエールは言った〕、慣習的な同性愛――プラトンの語る青年たちやウェルギリウスの歌う牧人たちの同性愛――はすがたを消し、ひとえに意志によらない神経症的な同性愛、つまり他人には押し隠し自分自身の目をもあざむく同性愛のみが生き残って増殖しているという事実である。シャルリュス氏が異教時代からの系譜をきっぱり否定しないのは間違っていたというほかない。現代は、造形的な美をいささか失ったかわりに、どれほど多くの精神的優位を獲得したことだろう! 青年に恋い焦がれるテオクリトスの牧人が、〔ニンフの〕アマリュリスのために笛を吹き鳴らすもうひとりの牧人よりも、後世ではずっと優しい心とずっと繊細な精神をもつという理由など、どこにもない。というのも前者は、病いに冒されているのではなく、当時の流儀に従っているにすぎないからである。さまざまな障害にもかかわらず生き残った同性愛、恥ずかしくて人には言えず、世間から辱められた同性愛のみが、ただひとつ真正で、その人間の内なる洗練された精神的美点が呼応しうる唯一の同性愛である。

囚われの女 ⑪三八―四〇

ソドムの再建とシオニズム（シャルリュスの同性愛に関連して）

作者としては、致命的な誤りにさしあたり警告を発しておきたかったのである。その誤りとは、シオニズムの運動が鼓舞されたのと同じように、ソドミストの運動を起こして、ソドムの町を再建せんとするところにある。ところがソドミストたちは、そんな町へ到着しても、ソドミストだと見られないようただちにその町を離れ、ほかの都市で妻をめとり、何人もの情婦を囲うことになるうえ、そもそもほかの町ならありとあらゆるまっとうな気晴らしができる。ソドムへ行くのはどうしても必要に迫られた日だけで、自分の住まう町に人けがなくなり、背に腹はかえられないときだけである。

ソドムとゴモラ ⑧八六―八七

男娼館で鞭打たれるシャルリュス（第一次大戦下のパリで「私」が思いがけず目撃する場面）

ほどなく私は四十三号室に通されたが、部屋の雰囲気がきわめて不愉快なうえ、好奇心も抑えがたく、「カシス」を飲み終えると私は階段をおりた。が、ふと思いなおして、ふたたび階段をあがり、四十三号室の階も通りすぎ、てっぺんまで行った。と、不意に、廊下のはずれのひとつだけ離れた部屋から、押し殺したうめき声が聞こえてくるような気がした。そちらへ駆け寄った私は、ドアに耳を押しあてた。「お願いです、お赦しを、お赦しを、ご勘弁を。どうかほどいてください、そんなに強く打たないでください」と言う声が聞こえる、「両方のおみ足に接吻いたします、おっしゃるとおりにいたします、もう二度としません。どうかご勘弁を。」「ならん、極道者め」と、もうひとつの声が答える、「お前がそんなにわめいて這いずりまわるから、ベッドへ縛りつけられるんだ、勘弁ならん」という声のあと、ぴしりとバラ鞭〔何本もの革紐のついた鞭〕の鳴る音が聞こえてきたが、おそらくその鞭には鋭い鋲《びょう》がついているのだろう、つづいて苦痛の叫びが響いた。そのとき私は、この部屋の横に小さな丸窓があり、そのカーテンが閉め忘れられているのに気づいた。暗がりを忍び足でその丸窓まで近寄った私が目の前に見たのは、岩に縛られたプロメテウスのようにベッドに縛られ、果たせるかな鋲のついたバラ鞭でモーリス〔男娼館に雇われた若者〕に打ちすえられ、すでに血まみれになり、こんな拷問がはじめてではないことを証拠だてる皮下出血の痕に覆われた男、シャルリュス氏だった。

見出された時 ⑬三一九―三二〇

ゴモラ〔女性同性愛〕への嫉妬〔アルベルチーヌへの疑念について〕

アルベルチーヌにかんしてずいぶん前から怖れていたこと、ぼんやりと疑っていたこと、私の本能が全身全霊で嗅ぎつけていながら私の願望に誘導された推論がすこしずつ私に否定させてきたこと、それは本当だったのだ！　アルベルチーヌの背後に見えるのは、もはや海の青い山脈ではなくモンジュヴァンの寝室で、アルベルチーヌはそこでヴァントゥイユ嬢の腕に抱かれ、官能の歓びから聞きなれない音を漏らしながら笑っているのだ。あのような嗜好をもつヴァントゥイユ嬢が、アルベルチーヌのようなきれいな女を相手にして、どうして自分の嗜好を充たしてほしいと頼まないはずがあろう？　その求めにアルベルチーヌは憤慨せず、同意したにちがいない。その証拠に、ふたりは仲違いもせず、それどころかますます親密になるばかりだったではないか。それにアルベルチーヌがロズモンドの肩に顎《あご》をのせ、にっこりと相手を見つめてその首筋にキスしたときのあの優雅な動作は、ヴァントゥイユ嬢を想い出させたものの、その動作を解釈するにあたっては、ある仕草が同様の線を描いたからといって必ずしも同じ嗜好から出たものとはかぎらないと躊躇したが、アルベルチーヌはその動作をほかでもないヴァントゥイユ嬢から学んだのではないか？　くすんだ空がすこしずつ明るくなってきた。これまで目を覚ましたときの私は、どんなつまらないものに

エドガー・ドガ『ふたりの女』(1879頃)

も、たとえばカフェオレの大きなカップにも、雨の音にも、風の轟音《ごうおん》にも、かならず微笑みかけずにはいられなかったものだが、これから始まる一日は、いや、このあと到来するすべての日々は、もはや未知の幸福を期待させることはけっしてなく、筆舌に尽くしがたい私の苦難をただひき延ばすだけであると感じた。私はなおも人生に執着していたが、その人生から期待できるのはもはや辛いことでしかないのだ。

ソドムとゴモラ ⑨五八六―五八七

なぜゴモラの女に嫉妬するのか（同前）

このようなサン＝ルーなり任意の青年なりにかき立てられた〔アルベルチーヌへの〕別種の嫉妬は、なんでもなかった。その場合に恐れなければならないのは、せいぜいライバルと言うべき存在で、そんな相手ならうち勝つべく努力することもできるからだ。ところが今度の場合、ライバルは私と同じ男ではなく、所持する武器も違うので同じ土俵では勝負ができず、アルベルチーヌにその相手と同じ快楽を与えることができないばかりか、それがどんな快楽なのか正確に想いうかべることさえできない。

ソドムとゴモラ ⑨五九二―五九三

IV

社交界・戦争・先端技術

Le monde, la guerre, les innovations technologiques

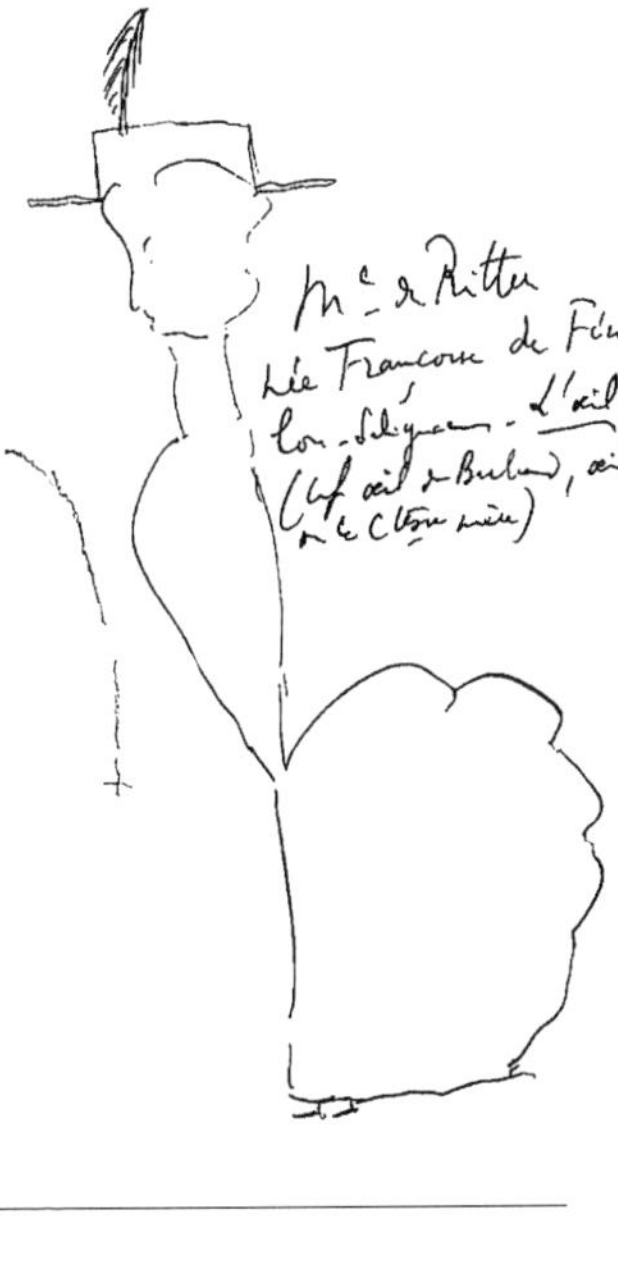

第Ⅳ章には、社会的な問題や出来事に関するさまざまな断章を収める。小説の主たる舞台である社交界、そこで話題になる政治や外交、さらに第一次世界大戦は、なにを表現しているのか？　当時の社会の先端技術であった電話や写真、自動車や飛行機への言及によって、作家はなにを言いあらわそうとしたのか？　これらの問いをめぐるプルーストの着眼と展開を賞味したい。

第Ⅳ章扉絵「リテール夫人の肖像」

絵に添えられた文言 « Me de Ritter née Françoise de Fénelon-Salignac. <u>L'œil</u>. (cf œil de Bertrand, œil de la Ctesse mère) » の意は、「リテール夫人、旧姓名フランソワーズ・ド・フェヌロン＝サリニャック。目。（ベルトランの目、母親の伯爵夫人の目を参照）」。リテール＝ザオニー伯爵夫人は、ベルトラン・ド・サリニャック＝フェヌロン（プルーストの友人で『失われた時を求めて』のサン＝ルー侯爵のモデル）の妹。兄と母親とに共通する目は、絵では小さな線で描かれている。

社会・社交界

社会的人格とは

われわれの社会的人格なるものは、他人の思考の産物なのである。われわれが「知り合いに会う」と言っているような単純な行為でも、一部は知的行為にほかならない。われわれは目の前にいる人の肉体的外観のなかに、その人にかんする知識をすべて詰めこんでいるから、その人について想いえがく全体像のなかで間違いなくいちばん大きな割合を占めているのは、そうした知識なのだ。その知識こそ、相手の頰をじつに完璧に膨らませたり、ぴったり正確に鼻筋をたどらせてくれたり、声自体は透明な外皮にすぎないと言わんばかりに巧みに声の響きを調整したりしてくれるのだ。それゆえ、われわれがその顔を眺め、その声を聞くたびに、われわれが見つめ、耳を傾けているのは、じつはその人についての知識なのである。

コンブレー ①五六

人は付和雷同するもの

付和雷同の本能と勇気の欠如は、あらゆる群衆を支配しているのと同様に、あらゆる社交集団をも支配している〔……〕。ばかにされている人を見ると皆がその人をあざ笑い、十年後にどこかのクラブで同じ人が褒めそやされていると今度は皆がその人を崇拝する。

ソドムとゴモラ ⑨一九一

「頑固者とは他人に受け入れられなかった弱者」

人間にはつぎの法則のあることが納得できる。その法則とは――もとより例外はいくらでもある――、頑固者とは他人に受け入れられなかった弱者であり、他人に受け入れられるかどうかなどには頓着しない強者だけが、世間の人が弱点とみなす優しさを持つことである。

ソドムとゴモラ ⑨四三五

「社交界はお嫌い？」〔招待を断った「私」へのゲルマント公爵夫人の返答〕

「あら、社交界はお嫌い？　もっともですわ、退屈でどうしようもないところですから。」

ゲルマント ⑦九四

社交と恋愛でもてはやされる秘訣

社交生活においては、恋愛で生じることがくだらぬ形で反映されていて、もてはやされる最良の策は、招待を拒むことかと思われる。男は、女に気に入られようとして、自分の誇りうる特徴のすべてを計算に入れ、たえず服装を変え、風采に気をつかう。しかし相手の女からはなんの心遣いも受けられない。ところが男が裏切っているべつの女、男がその前に汚い恰好であらわれ、気に入られるための小細工などせずとも、永久にその心を捉えてしまったべつの女からは、ありとあらゆる心遣いを受けるのだ。これと同じで、社交界で充分にもてはやされないと嘆く男がいたら、私はもっと頻繁に訪問をすることやもっと立派な身なりをすることを勧めるのではなく、いっさい招待に応じてはいけない、部屋に閉じこもって暮らし、部屋にはだれひとり入れてはいけない、そうすれば門前に訪問客が列をなすはずだ、と忠告するだろう。

囚われの女 ⑪四〇八―四〇九

マドレーヌ・ルメール『五時――画家のサロンにおけるおやつの会』(1891)

社交界の排除の論理（スワンのユダヤ性をほのめかした貴婦人にたいするレ・ローム大公妃〔のちのゲルマント公爵夫人〕の返答）

「スワンさんってのは、とうていお招きできない人だと言う人たちがいるんだけれど、ほんとうなのかしら？」「そりゃ……ほんとうだってことは、あなたがよくご存じのはずでしょ、あなたがいくら招待なさっても、一度もいらっしゃらなかったんですから。」

スワンの恋 ②三二七

社交界〔社会〕の変遷（最終篇のゲルマント大公邸でのパーティーにて）

私自身が、まだ成り上がり者で、いまのブロックよりずっと新参者としてゲルマント家の交際社会へ出入りするようになった時期にも、私がその社会と不可欠な一体をなすものと考えて眺めていたなかに、その少し前に入会を許された完全に異質な分子たちが存在し、その異分子たちは古株のメンバーからはとびきり新しい存在と見られていたにちがいないが、その古株たちも、当時の公爵たちからはフォーブールの昔ながらのメンバーと信じられていたけれど、その古株たち自身か、その父親たちか、あるいはその祖父たちは、これまたかつての成り上がり者だったのである。したがってこの交際社会を輝かしいものにしているのは、上流社交界の人士たちが上質であるからではなく、その人士たちが程度の差こそあれ完全にこの交際社会に同化しているという事実によるものであり、そうしてできあがった交際社会が、五十年後にはだれもが同じように見える人たちを上流社交界の人士たらしめたのである。

見出された時 ⑭ 一二五―一二六

世の中の保守性

歳月はすぎ去ること、青春もいつしか老年となること、いかに揺るぎない財産や王位といえども崩壊すること、名声は束の間のものであること、これらをわれわれがいくら承知していようと、「時」に駆り立てられて移ろいゆくこの世界を認識し、それをいわばネガフィルムに撮るわれわれの方法が、逆にこの世界を動かぬものにしてしまうのだ。それゆえわれわれは、知り合ったときに若かった人たちをいつまでも若いものと想いこみ、知り合ったときに歳をとっていた人たちを過去へさかのぼって老齢の美徳で飾りたて、億万長者の融資とか君主の庇護とかを無条件に信用し、億万長者や君主があすには権力を奪われ逃亡の憂き目をみるかもしれないことを理屈では知りながらも、実際には信じていない。

見出された時 ⑭ 一一八

世論はいかに形成されるのか

〔さるパリのカフェの〕主人には、聞いたり読んだりしたことを既知の文言と照らし合わせる癖があって、そこに齟齬《そご》がなければ感嘆の念が湧いてくるのだ。このような精神状態は、あだやおろそかにできない。それが政治をめぐるおしゃべりや新聞を読む行為に適用されて、世論をつくり、ひいてはどんな大事件をも可能にするからである。〔……〕歴史家たる者、民衆の行動を国王の意志によって説明するのをやめたのは正しいが、さらに個人の心理、それも凡庸な個人の心理こそ歴史に援用すべきであろう。私が今しがた到着したカフェの主人は、そんな復唱担当教師そっくりの考えかたを、しばらく前から政治ではドレフュス事件にかんする一定の文章にのみ適用していた。お客の発言や新聞記事のなかに自分がすでに聞いたり読んだりしたことばが見つからないと、あの客は本音を言わない、あんな記事はつまらん、と断定するのだ。それにひきかえフォワ大公の発言〔霧の深い夜「道に迷うどころじゃない、自分がどこにいるのかわからないんだ」という発言〕には感嘆して、大公が言い終わらないうちに口を挟んだ。「名言ですね、大公さま、言いえて妙でございます(これは要するに誤りなく復唱したという意味である)、さよう、まことにさようで」と大声をあげ、『千夜一夜物語』の常套句を借りれば「すこぶる満ち足りて晴ればれ」した気分でいた。

ゲルマント ⑦一四四—一四五

政治上の真実

政治・外交

ブロックは、政治上の真実なるものは、きわめて明晰な頭脳の持主たちなら大まかに再構成しうるものとは考えていたが、しかし多くの大衆と同じように、その真実はつねに共和国大統領と首相の機密書類のなかに議論の余地のない物質的なかたちで存在するもので、それを大統領と首相が大臣たちに知らせているのだと想いこんでいた。ところが、政治上の真実にたとえさまざまな文書が含まれているとしても、その文書がレントゲン写真以上の価値を有することはめったになく、一般大衆はそのレントゲン写真に患者の病気がはっきり包み隠さず映し出されていると想いこむが、実際にはそのレントゲン写真はたんなる診断の一要素として提供されるだけで、医者はそれにほかの多くの要素も加味したうえで推論し、そこから診断をくだすのである。それゆえ政治上の真実なるものは、事情に通じた人物と近づきになり、いよいよその真実に手が届くと思ったそのときこそ、かえって捉えられない。

ゲルマント ⑥一五六―一五七

民主的な社会における階級

結局、社会というものは、実際にますます民主的になるにつれて、ひそかに階級化されるのではないか？　その可能性は大いにある。ローマ教皇の政治的権威は、教皇が国家や武器を所有しなくなってから、ずいぶん増大した。大聖堂のおよぼす威信は、十七世紀の信者に対する場合よりも、二十世紀の無神論者に対する場合のほうがはるかに大きい。

ゲルマント ⑦二四七―二四八

外交交渉とは（ヴィルパリジ侯爵夫人のサロンにて）

いかなる外交官でも心得ているのは、ヨーロッパにせよ他の地域にせよ、人びとが平和と呼んでいる均衡を保つための天秤の上では、善意とか美辞麗句とか懇願とかはまるで重きをなさず、ことを決する本物の重い分銅はべつのところにあること、つまり、かなり強力な相手との交渉の成否を決するのは、なにかと引き換えに相手の欲望を充たしてやる可能性の有無にあることだ。この手の真実は、私の祖母のように私利私欲とまるで無縁な人間にはとうてい理解できなかったにちがいないが、ノルポワ氏〔外交官〕やフォン・＊＊＊大公〔ドイツ首相〕は頻繁にそんな真実と格闘してきたのである。

ゲルマント ⑥一九六―一九七

国家と国民を動かすもの

国家なるものも、いかに偉大に見えようとも、これまた利己主義と策略のかたまりと言うべき存在で、それを手なづけるには力によるか、その利害を考慮するほかない。その利害関係こそ国家を殺戮《さつりく》にまで追いやるのであるが、戦いを躊躇したり拒否したりすればすぐさま国家の「滅亡」を意味しかねないだけに、多くの場合その殺戮もまた象徴的なものにとどまっている。しかしこんなことはさまざまな「外交白書」やその他の文書にも記されていないから、国民はえてして平和主義者である。国民が好戦的になるのは、本能から、憎しみや恨みからそうなるのであって、ノルポワ流の外交官を通じて警告を受けた国家元首を決断させるにいたった理由からそうなるのではない。

ゲルマント ⑥一九九

戦争

フランソワーズの語る戦争（駐屯部隊が通過する日、庭師に向かって）

「命を惜しまないって？　じゃ、いったい何を惜しむべきだっていうのさ、命でなきゃ。神様からの、たったひとつの贈り物で、二度とくださらないんだよ。といっても、なんとも残念なこったけど、たしかに若い人は命を大事にしないねえ。〔一八〕七〇年もそうだったよ。死ぬのが怖くなくなるのかね、戦争っていう、悲惨なことになると。頭がおかしいとしか考えられないわ。そりゃ、縛り首にするほどの価値もない連中さ。」

コンブレー ①二〇三

戦地から戻ってきた兵士（一九一六年、大戦下のパリにて）

どう考えても非現実的に思われる戦場から兵士たちは、実際に戻ってきたのみならず、じつは死

パリの爆撃(1918)

の岸辺から一時的にわれわれのもとへ戻ってきてふたたび死の岸辺へと戻ってゆくわけであり、われわれには不可解なそのような存在は、こちらの心を愛情と恐怖と神秘感で満たさざるをえない。こうした兵士たちは、われわれが呼びだす死者のようなもの、いっとき目の前にあらわれるが、われわれには問いただす勇気もなく、たとえ問いただしてもせいぜい「あなたには想像もつかないでしょう」と答えるだけの死者のようなものである。こんなことを言うのも、戦禍をくぐり抜けた休暇兵にせよ、霊媒によって眠らされた生者や呼びだされた死者にせよ、そうした人たちとたとえ口が利けるとしても、そんな神秘との触れ合いのもたらす唯一の結果がことばのやりとりの無意味さを募らせるばかりとなるのは驚くべきことだからである。

見出された時 ⑬一八一

戦時下でも日常生活はつづく（一九一六年、大戦下で栄華を極めたヴェルデュラン夫人）

ヴェルデュラン夫人は、自分の偏頭痛にたいして霊験あらたかな、カフェオレに浸して食べるクロワッサンがもはや手にはいらず困っていたが、ようやくコタール〔医師〕に処方箋を書いてもらい、以前われわれが話題にしたさるレストランでそのクロワッサンをつくらせることができるようになった。これを手に入れるのは、当局から将軍に任命されるのとほとんど同じくらい難しいことだった。夫人がこうして最初のクロワッサンを口にしたのは、新聞各紙がルシタニア号の難破〔一九一五年五月七日、イギリスの客船ルシタニア号はドイツの潜水艦からの攻撃を受けて沈没、一一九八名の犠牲者を出した〕を報じた朝のことである。クロワッサンをカフェオレのなかに浸しては食べる手を休めることなく、もう一方の手で新聞を繰って大きく開きながら、夫人は言った、「なんて恐ろしいことでしょう！　どんなにむごい惨事でも、こんな恐ろしい結果にはならないわ。」しかしすべての溺死者の死も、夫人の目には十億分の一に縮小されて見えたにちがいない。なぜなら、口いっぱいに頬張ったままそんな痛ましい考えをめぐらしながらも、夫人の顔に浮かんでいた表情は、偏頭痛によく効くというクロワッサンの風味がおそらくもたらしたものであろう、むしろ甘美な満足の表情だったからである。

見出された時 ⑬二二〇―二二一

空襲下でも快楽を求める人たち（一九一六年、大戦下のパリにて）

快楽を求めにやって来た者にとって、サイレンやゴータ（ドイツ軍の大型爆撃機）にどれほどの価値があろう？　われわれは愛しているとき、恋愛をとり巻く社会や自然の背景のことなどほとんど考えもしない。海に嵐が荒れ狂い、船が前後左右に大きく揺れ、疾風にあおられた雨が滝のように空から落ちてくるとき、この広大な背景と比べれば、われわれ自身もわれわれが近づこうとしている肉体も取るに足りぬ存在であるにもかかわらず、われわれは嵐のもたらす困難に備えるためにせいぜい一瞬の注意を払うにすぎない。爆弾の投下を知らせるサイレンは、氷山が人を怯えさせることがないのと同様、ジュピアンの館（男娼館）の常連客たちを怯えさせることはなかったのである。おまけに肉体が危険にさらされることは、長らく悩まされてきた病的な心配から常連客たちを解放してくれた。心配の大きさは、その心配を誘発する危険の大きさに比例する、などと考えるのは間違いだ。人は眠れないことを怖れても、危険きわまりない決闘にはなんら恐怖を感じない場合があるし、ネズミを怖れても、ライオンは怖くない場合もありうる。

見出された時 ⑬三六〇―三六一

戦争中のシャルリュス男爵のドイツ贔屓

シャルリュス氏の解脱《げだつ》は完璧だった。もはや一介の傍観者にすぎなくなると、正真正銘のフランス人ではなくなり、しかもフランスに住んでいる以上、氏はドイツ贔屓にならざるをえなかったのだ。氏はきわめて明敏な人間であったが、どの国でもいちばん数が多いのは愚か者である。氏がドイツに住んでいたら、愚かにも不当な主義主張を情熱的に擁護する愚かなドイツ人たちに憤慨したであろうことは間違いない。ところが氏はフランスに住んでいたので、愚かにも正当な主義主張を情熱的に擁護する愚かなフランス人たちにそれに劣らず憤慨したのである。

見出された時 ⑬二二四―二二五

戦争中のシャルリュスの警句

「社交界ではナショナリストや軍人たちに不釣り合いなほど高い地位が与えられ、芸術を愛する者はひとり残らず祖国にとって忌まわしいことに携わっていると糾弾され、好戦的でない文明はことごとく有害とされたとき、私ほど激しく抗議した者は間違いなくだれもいなかった!〔……〕つねづね私は、文法や論理学を擁護する人たちを尊敬してきた。そうした人たちが大きな災禍を回避してくれたことは、五十年経ってようやくわかる。」

見出された時 ⑬二八一―二八二

電話・写真・乗り物

電話から聞こえる祖母の声（ドンシエール滞在中、新設の長距離電話で話す）

こちらからの呼び出し音が鳴り響くとすぐに、まぼろしの出現に満ちた闇、われわれの耳にのみ開かれた闇のなかに、距離が消滅した微《かす》かな音——抽象的な音——がして、なつかしい人の声がこちらに語りかけてくる。あの人だ、あの声だ、こちらに話しかけ、目の前にいるのは！　だが、なんと遠いことか！　これまで私は、何度その声を聞いても不安を感じずにはいられなかった。声は耳のすぐそばで聞こえるのに、長時間の旅をしなければその声の主《ぬし》に会えない事態を前にすると、どれほど懐かしい人に近づける気がしてもそれがいかに期待はずれであるか、手を伸ばすだけで愛する人を引きとめられると思えるときでも愛する人からいかに遠く隔てられているかをいっそう痛感させられた。こんな近くで声がするからには現存するというほかないが——、実際には遠くひき離されているのだ！　だがこれは永遠の別離を予告しているのではないか！　そんなふうにすがたが見えず、遠くから話しかけてくるだけの声にしばしば耳を傾けた私は、その声が二度と浮かびあがれない深淵から叫んでいる気がして、いつか私の胸を締めつけるはずの激しい不安をおぼえた。

ゲルマント ⑤二九一—二九六

帰宅時に写真家の目で見た祖母（前記電話でその死を予感し、パリの家に戻った瞬間）

遺憾ながら、客間に入った私が目にとめたのは、そんな幻影である。それは私の帰宅に気づかず、本を読んでいる祖母のすがただった。私はその場に居合わせたとはいえ、祖母がそれを知らなかったからには私はいまだその場に居合わせなかったというほうが正確かもしれない。編み物をしている女性は、不意に人が入ってくるとそれを隠してしまうことがあるが、それと同じで祖母は私の前で一度も見せたことのないもの想いに耽っていた。私はといえば——長くはつづかないが、帰宅した一瞬だけ、不意に自分自身の不在に立ちあえる能力を授けられる特権のおかげで——帽子とコートの旅すがたの証人であり、観察者であり、この家の者ではないよそ者であり、二度と見られぬ現場の写真を撮りにきたカメラマンにほかならなかった。私が祖母を見たとき、その瞬間、私の目のなかに自動的に映し出されたもの、それはまさしく写真であった。われわれが愛する人を見るときは、生体組織ともいうべき常に躍動する絶えざる愛情のなかでのみその人を見ている。われわれの愛情は、相手の顔の提示するもろもろのイメージがこちらに届くより前に、そのイメージをおのが渦のなかにとり込み、われわれが常日頃いだく愛する人の概念のうえにそのイメージを再投影して貼りつけ、両者を一致させてしまう。〔……〕長いあいだ自分の面相を見たことのない病人が、見もせぬ自分の顔を、脳裏に想い描いた理想のイメージ通りにつくりあげていたのに、ふとのぞいた鏡で、干からびて何もない顔のまんなかに巨大なピンクの鼻がエジプトのピラミッドよろしく斜めにそびえているのを目《ま》のあたりにしてたじろぐのにも似て、私からすれば祖母はいまだ私自身であり、祖母を見るときはかならず私の心のなかのつねに変わらぬ過去の場所に据えつけ、隣りあい重なりあうもろもろの思い出の透明なプリズムを通して見ていたのに、突如として私が目にしたのは、わが家の客間という新たな世界、「時間」の世界、「ずいぶん老けたな」と人からささやかれる見知らぬ者たちの暮らす世界のなかに、はじめて、ほんの一瞬のあいだ——というのもあっという間に消え去ったからである——、ソファーのうえでランプに照らされ、赤らんだ顔をして、いかにも鈍重で品もなく、病魔に冒され、夢想にふけっているのか、本の上方にいささか惚《ほう》けたような目をさまよわせている、見覚えのない、打ちひしがれた老婆であった。

ゲルマント ⑤三〇四—三〇七

自動車での旅（はじめて車に乗って）

自動車はわれわれを通りという通りの舞台裏にまではいりこませ、住人に道を訊ねるために停まりもする。だが、そうしたなれなれしい前進の代償というべきか、運転手がみずからたどる道に確信をもてずに引きかえすといった試行錯誤もあり、前方の眺めがつぎつぎと入れ替わるせいで、こちらが近づいてゆく城館は、その樹齢数百年の緑陰に身を潜めようとしてもかなわず、丘や教会や海を相手に隅取り遊び（四隅に陣どる人がつぎの陣に移動するすきに、中央の鬼が空いた陣を奪う遊び）をする始末である。かくしてある町のまわりに自動車の描く輪はしだいに狭まり、呪縛された町は四方八方へ逃れようとするが、とうとう自動車はまっすぐ垂直に襲いかかって、谷間の底の地面に横たわる町を捕まえる。その結果、行き先という唯一の地点も、自動車によって、急行列車ならではの神秘をはぎ取られたように見えるが、そのかわり自動車は、その目的地を発見させ、コンパスで測ったみたいにわれわれ自身でその位置を確定させ、列車の場合よりもずっと入念な探検家の手つきで、はるかに精密な正確さでもって、正真正銘の幾何学、みごとな「土地の測量」を実感させてくれるように思われる。

ソドムとゴモラ ⑨三五〇―三五一

鉄道の駅（はじめてバルベックへ旅をして）

旅行本来の醍醐味は、途中で車を降りたり疲れたときに休めるところにあるのではなく、また、出発と到着との差異をできるだけ感じずに済むようにするのでもなく、その差異をできるだけ深いものとし、想像力がわれわれを、暮らす場所から行きたい場所の中心にまで一足飛びに運んでくれるとき、われわれの頭のなかにその差異が存在したときのとおりに、そっくり全面的に感じるところにある。それが奇跡に思えるのは、一足飛びに一定の距離を越えるからではなく、一足飛びに地上の相異なるふたつの個性をつなぎ、われわれをある名前からべつの名前へと運んでくれるからだ。この飛躍を（好きなときに降りられるから、もはやあまり到着感を得られない自動車での旅よりもみごとに）単純化してくれるのが、駅という特殊な場所で執りおこなわれる不思議な作業である。そもそも駅というのは、そう言ってよければ町の一部ではなく、駅の案内標識に町の名前が記されていることからもわかるように、町の個性のエッセンスを含んでいるのだ。

花咲く乙女 ④二九

小鉄道（路面《トラム》）（バルベック近郊を走る小鉄道。図4を参照）

小鉄道の汽車はまだすがたを現わさないが、のらりくらりと呑気に立ちのぼる煙が見えると、それは汽車が途中で吐き出した煙で、いまやほとんど動かぬ雲になるしか能がないのか、クリクト〔バルベック近在の村〕の断崖の緑なす斜面をゆっくり這いあがってゆく。この垂直方向の煙が最初に見えたあと、とうとう小さな路面《トラム》がのろのろと到着した。それに乗ろうとする客たちは脇へよけて汽車に道を譲るが、べつに慌ててよけるふうでもないのは、相手が人間とほぼ同じくらいの速さで歩くお人好しで、初心者の乗る自転車よろしく、駅長の親切な合図に導かれ、機関士の力づよい監視のもと、だれひとり撥《は》ねとばしたりせず、望みどおりの場所に停まることがわかっているからである。

ソドムとゴモラ ⑨二六

小鉄道のほうも、自分に割りふられたこの役割を自覚しているようで、どことなく人間らしい親切まで身につけていた。性格は辛抱づよく従順で、遅れた乗客をできるかぎり待ってくれるうえ、いったん発車しても合図をする人たちがいると、その人たちを乗せるために停まってくれる。そんなときその人たちが汽車のあとを追って、はあはあ喘ぐ点だけは汽車に似ているかもしれないが、その人たちが全速力で駆けて汽車に追いつくのにひきかえ、汽車のほうはつねに分別くさくのろのろと走る点が大違いである。

ソドムとゴモラ ⑨五七二

はじめて見る飛行機（バルベック近郊を馬で散策中）

突然、私の馬は後ろ足で立ちあがった。なにか異様な音を聞いたのである。私はなんとか馬を鎮めて振り落とされまいとしたが、やおらその音がしたと思われるほうへ涙でうるんだ目をあげると、私から五十メートルほど上方の陽光のなか、きらきら光る鋼

図 4　街道に敷かれた狭軌のレールを走る，ノルマンディーの小鉄道(ドゥコーヴィル)(1910 頃)

鉄の大きなふたつの翼に挟まれて運ばれてゆくものが見え、その判然としないものは私には人間のすがたかと思われた。私は、はじめて半神と出会ったときのギリシャ人と同じように感動していた。私は涙まで流していた。その音が頭上から聞こえてくるからには――当時、飛行機はまだ珍しかった――私がはじめて見ようとしているのは飛行機なのだと考えただけで、もう泣き出しそうになったからである。新聞を読んでいて感動的なことばが出てくるのを予感するときと同じで、涙がどっと溢れるには飛行機のすがたを見るのを待つだけでよかったのだ。そのあいだも飛行士はどちらへ進むべきか迷っているように見えた。その飛行士の前方には――慣習が私を囚われの身としなかったら私の前方にも――空間における、いや人生における、あらゆる道が開かれているように感じられた。飛行士はさらに遠くへ進み、しばらく海のうえを滑空したあと、いきなり意を決すると、なにやら重力とは反対の引力にでも従うかのように、まるで祖国へでも戻るといった風情で、金色《こんじき》の両の翼を軽やかに翻してまっすぐ空のほうへ突きすすんだ。

ソドムとゴモラ ⑨三九九―四〇一

V

花鳥風月

L'expression poétique de la nature

第V章「花鳥風月」には、雨や風などの天気、月や海などの自然をめぐる断章と、花と鳥についての描写を集める。『失われた時を求めて』には多様な花が出てきて、それがさまざまに描かれるのに対して、動物への言及は少ない。「花鳥風月」の語でまとめたとはいえ、東洋的な表現とは全く異質。プルースト独自の大掛かりな比喩を駆使した感性ゆたかな描写は本作の醍醐味のひとつである。

第V章扉絵「荒れた海に乗りだす四艘のヨット」

上方に記された文言は、Le Départ (gros temps)「出航(荒天)」。この絵は、第二篇『花咲く乙女たちのかげに』で、バルベック海岸にアトリエを構える画家エルスチールの海洋画に描かれたつぎの場面を想わせる。「防波堤の入口あたりの岩礁付近では海がひどく荒れ、水夫たちが必死に奮闘していたり、〔……〕小舟が海面と鋭角をなして傾いていたりするのを見ると、〔……〕水夫たちが水のうえを激しく揺れながらまるで早足《トロット》で進んでゆくように感じられる。手綱さばきを誤れば地面にたたきつけられるそんな暴れ馬に乗って駆けてゆくようだった」(④四二二)。

天気と自然

雨の降りはじめ（レオニ叔母の寝室にて）

小さな音が窓ガラスにして、なにか当たった気配がしたが、つづいて、ばらばらと軽く、まるで砂粒が上の窓から落ちてきたのかと思うと、やがて落下は広がり、ならされ、一定のリズムを帯びて、流れだし、よく響く音楽となり、数えきれない粒があたり一面をおおうと、それは雨だった。

コンブレー ①二三〇―二三一

雨が止むまで（メゼグリーズのほうの散歩中）

雨が降ってくる。水の粒は、渡り鳥がいっせいに飛んでくるときのように、空からひしめき合って落ちてくる。離ればなれにならず、急いで通りすぎるあいだも気ままは許されず、めいめいきちんと役目を果たし、後続の者をわが身にひき寄せるから、空はツバメの出立《しゅったつ》のときより暗くなる。私たちは森で雨宿りをする。連中の旅が終わりかと思えても、まだいくつか、ひ弱で、のろまなのがやって来る。それでも私たちが避難所から出てくると、すでに地面はあらかた乾いているのに、水の粒は葉のうえが好きなのか、ひとつならずぐずぐずと葉脈のうえで遊んでおり、葉のさきにぶらさがってのんびり陽に輝いていたかと思うと、突然、枝の高みから身を投げ、私たちの鼻のうえに落ちてくる。

コンブレー ①三二八

雷雨と日射し（家族と散歩中）

私たちの前方、はるかかなたには、約束の地なのか、呪われた地なのか、ルーサンヴィル〔コンブレー近在の村〕が望めた。その村をかこむ塀のなかに私は足を踏みいれたことがなかったが、さきに私たちのいるところですでに雨が止んでいたときも、聖書に出てくる村のように、降りやまない雷雨の槍に懲らしめられ、それが村人たちの住まいを斜めに鞭打っていたが、かと思うと、すでに父なる神に赦されたのか、祭壇の聖体顕示台につけられた長さの不揃いな放射状の光線よろしく、神が村のほうに黄金色の茎がほぐれたような光を降ろしているのは、太陽がふたたび顔をのぞかせたのである。

コンブレー ①三三一―三三二

雪と太陽（バルコニーの床）

バルコニーを覆う雪のコートのうえに、すがたをあらわした太陽が黄金の糸をくり出し、黒い影の刺繡を縫いつけている〔……〕。

土地の名 ②四五六

パリの雪景色（少年時代のある日）

フランソワーズが寒くてじっとしていられないと言うので、私たちはコンコルド橋まで足をのばして凍結したセーヌ川を見た。だれもが、子供たちまでもが怖がらずにそばに近寄っていたが、まるで巨大なクジラが浜に打ち上げられ、無防備のまま解体されるのを待っているといった趣である。それからシャンゼリゼに戻ると、私はじっと動かない回転木馬と真っ白な芝生のあいだで辛い想いに沈んでいた。雪かきをして黒い網目状になった小径にかこまれた芝生のうえに彫像が立ち、その手に氷柱《つらら》のさがっているのが手のしぐさを説明しているようにみえる。

土地の名 ②四五七

オスマン大通りの夜の雪（一九一六年、戦時下のパリ）

月の光は、オスマン大通り〔パリ右岸のプルーストが住んだ大通り〕の、もはやだれひとりかき寄せようとしない雪のうえに広がり、まるでアルプスの氷河のうえに広がる月光を想わせた。木々のシルエットは、この青味を帯びた金色《こんじき》の雪のうえにくっきりと混じりけなく映し出され、その繊細さはある種の日本の絵画やラファエロの画の背景に描かれているものを想わせた。そのシルエットは、木自身の足元の地面に長く伸び、木々が規則的に間隔をおいて立ち並んだ草原に夕日があふれて草原を鏡のようにするとき、自然のなかによく見られるものである。しかし、まるで魂のように軽やかな木々の影が広がるこの草原は、そのえもいわれぬ微妙な繊細さゆえ天国のような草原というべきか、緑色ではなく、翡翠《ひすい》のような雪のうえに広がる月明かりのせいでまばゆいばかりに白く、さながら花盛りのナシの花弁だけで織りなされているかに見えた。そしてあちらこちらの広場で、泉水に配された神々が氷柱《つらら》を手にしているのは、あたかも彫刻家がもっぱらブロンズとクリスタルという二種類の素材のみを組みあわせて制作した彫像のようだった。

見出された時 ⑬一三三―一三四

「雪は降りようがありません」（パルム大公妃の女官のせりふ）

「もう雪は降りようがありません、そのために必要な手を打ってございます、塩をまきましたもの！」

ゲルマント ⑦四四八

冬の部屋と夏の部屋（かつて滞在した部屋の回想）

凍てつく寒さのときに味わう楽しみは、外界とすっかり遮断されていると感じるところにある（海鳥のアジサシが地面の奥の、地熱で温められたところに巣をつくるのと同じだ）。また、ひと晩じゅう暖炉に火が消えないようにしてあるので、暖かく煙《けぶ》る大きな空気のマントに包まれて眠るのに等しい。それは、ふたたび燃えあがる熾火《おきび》の薄明かりが浸みこんだマントであり、目には見えないベッド用の壁の窪《アルコーヴ》みであり、部屋のなかに穿《うが》たれた暖かい洞穴である。この熱気のこもる地帯では、暖かい外縁が揺れうごき、そこに流れこむ冷気は、窓に近かったり暖炉から離れていたりして冷えきった部屋の四隅からやってきて顔を冷やすのである。夏の部屋では、なま暖かい夜と一体になれるのが嬉しい。なかば開いた鎧戸に月の光が身をもたせかけ、ベッドの足元にまで投げかけてくれる魔法のハシゴの光線の先端にとまっていると、そよ風に揺れるシジュウカラよろしく戸外で寝ている趣である。

コンブレー ①三三―三四

晴天

晴天はどっかりと地上に腰をすえ、個体化して生い茂る葉となり、雨のしずくも滴り落ちて丈夫な葉の変わらぬ歓びをそこなうこともなく、夏の季節のあいだじゅう、村の通りという通りに、あらゆる家の壁や庭の塀に、紫や白の絹の旗を掲げている。

コンブレー ①三三二

風が伝える娘の存在（一面の麦畑を渡る風に、恋焦がれるスワン嬢ジルベルトを想う）

私は、スワン嬢がよくラン〔シャンパーニュ地方の町〕に出かけて何日かすごすのを知っていて、何里も離れたその遠い距離もなんら障害物がないことで相殺されるように感じられた。暑い午後など、はるかかなたから到来したいつもの風が、はるか遠くから麦の穂をなびかせ、はてしない拡がりを波のように伝え、私の足元にまでやって来ては、つぶやきつつ、なまあたたかく、イガマメやクローバーのあいだに横たわるとき、この平野は私たちふたりに共通で、ふたりを近づけるように感じられた。この風は少女のそばを通り、風のつぶやきは私には意味のわからない少女のメッセージだと考え、風に通りすがりに接吻するのだ。

コンブレー ①三一七―三一八

バルコニーに落ちる手すりの影（好天は遊び友だちのジルベルトに会える予兆）

空は暗いままで、窓の前のバルコニーもどんよりしている。と、突然、バルコニーの陰鬱な石のうえに、とうてい明るい色彩が見えたとはいえないものの、いくぶん明るい色彩へとむかう努力のようなものが認められ、光線がためらいがちに脈動し、内部の光を解き放とうとするのが感じられた。すると一瞬ののちにバルコニーは朝の水面と同じような青白い鏡となり、そこに手すりの鉄格子の無数の影が落ちている。さっと風が吹いて影を追い払うと石はふたたび暗くなるが、影はまたもや飼い慣らされた生きもののように戻ってくる。石がふたたびかすかに白くなると、音楽で序曲の終わりにクレッシェンドがつづき、ひとつの音が急速にあらゆる段階をへて最後のフォルティッシモにいたるのと同じで、みるみるうちに黄金色となって変わることなき不動の晴天の輝きをおびた石の上に、精巧な細工の欄干の影が黒くくっきりと浮き出る。移ろいやすい植物というべきか、じつに微妙な細部の輪郭まできわめて細い線で描かれているから、そこに芸術家のきまじめな良心、満足感があらわれているかに見える。〔……〕つかのまのキヅタ、壁をつたうはかない植物！　壁に這わせたりガラス窓を飾ったりする植物のなかで、多くの人の好みからするともっとも彩りに欠け、もっとも陰気なものである。しかし私には、それがわが家のバルコニーにあらわれた日以来、いちばん大切な植物になった。それがジルベルトの気配の影で、もしかするとジルベルトはすでにシャンゼリゼにいて、私が到着すると「じゃあ、すぐに人取り遊びをはじめましょう、あなたはあたしの組よ」と言ってくれる気がしたからである。

土地の名　②四五四―四五五

ブロックの語る天気（主人公の父親から外の天気を訊ねられたときの返事）

「私としては雨が降ったかどうか、いっさい申しあげることはできません。断固として物質的偶発事の圏外で暮らしておりますゆえ、私の感覚はわざわざ私にそんなことを通知したりしないのです。」

コンブレー　①二一一

晴雨計の小人

ときに私は、あらゆるもののなかで最後まで生き残るのは、コンブレーのメガネ屋がショーウインドーに飾っていた、陽が射しはじめると頭巾《ずきん》をぬぎ、雨が降りそうになると頭巾をかぶって天気を告げるあの小さな人形(図5)とそっくりの例の小人ではなかろうかと考えた。この小人がいかに身勝手な存在であるかは、私自身がよく心得ている。私がときに見舞われる息詰まりの発作は雨が降らないかぎり治まらないが、この小人はそんなことにはお構いなく、私が待ちかねていたお湿りの最初の滴《しずく》がぱらぱらと落ちてくると、とたんに快活さを失い、仏頂面をして頭巾をかぶってしまう。それにひきかえこの晴雨計の小人は、私がたとえ臨終のときを迎え、心中のほかの「自我」がことごとく死滅し、私が最期の息をしているときでも、ひと筋の陽の光さえ射してくれればいたってご機嫌で、頭巾をぬいで「ああ、やっと晴れたぞ」と歌いだすだろう。

囚われの女 ⑩二八

図5　カプチン会修道士の晴雨計(湿度が高まると頭巾をかぶり，下がると脱ぐ仕掛け)

微妙な光景をいかに見極めるか(秋の日の散歩中)

〔雨が上がったあとの〕瓦屋根は、太陽のおかげで新たによく映えるようになった沼のなかに、バラ色のマーブル模様を描いていたが、それは私が今まで気にとめたことのなかったものである。水面と壁面で、かすかな微笑みが空の微笑みに応えているのをみて、私は興奮し、閉じた傘をふりまわしては「えい、えい、えい、えい」と叫んだ。しかし同時に、私の義務は、このようなわけのわからないことばに甘んじることなく、恍惚状態にあってもさらに明確にものごとを見極めようとすることだと感じたのである。

コンブレー ①三三八

夏の光とミイラ〔海辺のリゾートホテルの部屋で、窓を覆う布を女中フランソワーズがとりはずす〕

それから数ヵ月のあいだ、かつては嵐に打たれ深い霧のなかに沈んでいるものと想像してあれほど訪ねたいと願っていたこのバルベックに、じつに輝かしい晴天がしっかり腰をすえて崩れず、フランソワーズが窓を開けにやってくるとき、私がかならず見出されるものと期待したのは外壁の角からなかに折り込まれるいつも同じ陽の光の小片で、いつも変わらぬ同じ色をまとい、夏のしるしとして感動をそそることもなくなり、とってつけたエナメルの色のように陰気で生気がなかった。そしてフランソワーズが明かりとりの窓につけたピンをはずし、あてがった布をとりのぞき、カーテンを引くと、むき出しになった夏の日は死んでしまった太古の光のように思えて、まるで私たちの老女中が、数千年も前の贅を尽くしたミイラをつつむ布を注意ぶかくひとつずつはがし、金のなかの馨しいすがたをあらわにしたかと思われた。

花咲く乙女 ④六五六―六五七

天気と自我（第三篇『ゲルマントのほう』二の第二章の冒頭）

その日は秋の単なる日曜日にすぎなかったが、私は生まれ変わったばかりで、目の前には真《ま》っ新《さら》な人生が広がっていた。あたたかい日がしばらくつづいたあと、その日の朝には冷たい霧が広がり、それが昼ごろまで晴れなかったからである。世界とわれわれが新たに再創造されるには、天気が変わるだけで充分なのだ。その昔、私の部屋の暖炉のなかを風がヒューヒュー吹いていったとき、通風弁を打ちつけるその風の音が、『八短調交響曲』〔ベートーヴェン作曲『運命』〕の出だしで弓が弦を響かせるあの有名な音にも似て、不思議な運命の抗《あらが》いがたい呼びかけのように感じられて私は昂奮した。目の前の自然が急変すると、そんな新たな事態の調性に合致するようにわれわれの欲望のハーモニーは調整され、われわれのうちにも同様の変容が生じるものらしい。目覚めた私は、霧のせいで、天気がいいときのような遠心的人間ではなく、この一変した世界に適合する、閉じこもって炉端や共寝のベッドを欲する人間、出不精のイヴを求める寒がりのアダムになっていたのである。

ゲルマント ⑦二一―二二

通りの物音と天気（第五篇『囚われの女』の冒頭）

朝、顔はいまだ壁のほうへ向けたまま、窓にかかる大きなカーテンの上方に射す日の光の筋がどんな色合いであるかを見届ける前から、私にはすでに空模様がわかっていた。通りの最初の物音が、やわらかく屈折して届くとそれは湿気のせいにちがいないとか、矢のように震えながら届くとそれは朝の冷たく澄んだ広々としてよく響く虚ろな空間を飛んできたにちがいないとか、そのときの天気がわかるのだ。始発の路面鉄道《トラムウェー》が通る音を耳にするだけで、私にはそれが雨のなかで凍えているのか、それとも青空へ向けて飛び立たんとしているのかが聞きわけられた。

囚われの女 ⑩二一

午後の月（メゼグリーズのほうの散歩中）

ときには午後の空に白い月の出ることがあった。雲のようにこっそりと地味なのは、まだ出番のこない女優が客席に座り、平服で、目立たず注目されないように、しばし仲間の芝居をみている恰好である。

コンブレー ①三一八

月と星（トルコなどイスラムの国旗を想わせる）

いまや空には月が出て、一部を欠くとはいえ、きれいに房《ふさ》の皮をむいたオレンジのひと房のように見える。そんな月も、しばらく経つとこのうえなく堅牢な黄金製かと見まがうばかりになる。

その月の背後に哀れにもひとり身を潜める小さな星が、孤独な月の唯一の伴侶となる一方、月のほうは、この女友だちの身を守りつついっそう大胆に前に進み出ては、思わず手にする武器のように、オリエントのシンボル〔三日月〕よろしく見事な金色《こんじき》の大鎌を振りかざすだろう。

ソドムとゴモラ ⑧九〇

断崖にやどる影（バルベック海岸の断崖の描写）

岩陰に身を潜めてすぐに消え去る影は、身軽に動くかと思えばじっと押し黙り、すこしでも光の渦が近づくとすぐに岩の下にもぐり込んだり穴のなかに身を隠したりするが、光線の危険がすぎ去るると岩や海藻のそばに戻ってきては、あたりの断崖や色あせた「大海原」まで粉々にする太陽にさらされた岩や海藻のまどろみを見守っているように感じられる。じっと動かないがそのじつ身軽な海を守る女神で、水面すれすれに、ぬるぬるした身体と注意ぶかいまなざしの宿る暗い目を見せている。

花咲く乙女 ④六〇〇―六〇一

窓ガラスに映る海と空（海辺のホテルの部屋にて）

べつの日には、海は窓の下のほうだけに描かれ、それ以外の部分はすべて雲が水平の帯状にひしめきあっていたから、窓ガラスは、画家の企みか熟練の技か、「雲の習作」と化していた。そのあいだも書棚のさまざまなガラス戸に映し出された同じような雲が、視野のべつの箇所に光の加減でさまざまに彩色されると、現代絵画の巨匠たちが同じひとつの対象の生み出す効果を相異なる時刻に捉えてくり返し好んで描いたように、さまざまな雲がいまや芸術の力で固定され、パステルで描かれたあとガラスをはめ込まれ、それらすべてを同じ部屋のなかで同時に眺めることができた。ときには一様にグレーの空と海のうえに、えもいわれぬ繊細なわずかなピンクが絶妙な細やかさでつけ加えられると、窓の下方で眠りこんでいた小さなチョウがその羽根で、ホイッスラーと同じ趣向の「グレーとピンクのハーモニー」の下方にチェルシーの巨匠〔ロンドンのチェルシー地区に住んだ画家ホイッスラー〕が好んだ署名(図6)を描き添えたような案配である。

花咲く乙女 ④三六二―三六三

図6　ホイッスラーが好んだチョウの図柄の署名

花咲く乙女越しに眺める水平線と船〔バルベック海岸の断崖の上で乙女たちと遊んだとき〕

このうら若い乙女たちの花よりも珍しい品種の集まりは他にはありえないと悟った私は、植物学者のごとき満足感を味わっていた。これらの花は、断崖のうえの庭をいろどるペンシルヴェニアのバラの植え込みにも似た軽やかな生け垣によって私の前の水平線を縦に切断しており、花と花のあいだには蒸気船の通る水平の航跡が収まっている。蒸気船は、青い水平線上を一本の茎からもう一本の茎へとゆっくり進んでゆくから、ずっと前に船体が通過した花冠の奥にぐずぐずしていた怠け者のチョウも、船の進む先にあるつぎの花の最初の花弁に舳先《へさき》が届くには紺碧《こんぺき》の隙間をほんのわずかに残すだけになるのを待って飛び立っても、確実に船よりさきにその花に着けるのである。

花咲く乙女 ④三四五—三四六

川に沈めた水差し（コンブレー郊外、小川の中を見つめる少年の印象）

私は、子供たちが小魚を捕るためにヴィヴォンヌ川に沈めた水差し〔小魚を捕るための瓶胴《びんどう》（図7）も指す〕を見つめて楽しんだ。それは川の水に満たされつつ、川のなかにとり込まれてもいて、水が固体となったような透明の外側をもつ「容器」であると同時に、クリスタルガラスが液体となって流れ出したような川というさらに大きな容器に沈められた「中味」でもある。その水差しの喚起する清涼感が、食卓に置かれている場合よりもはるかにおいしく、はるかに苛立たしく感じられるのは、両手ですくえない捉えどころなき水と、たとえ口に含んでも楽しめない流動性なきガラスとのあいだを絶えまなくすり抜ける子音反復として示されるにすぎないからである。

コンブレー ①三六二—三六三

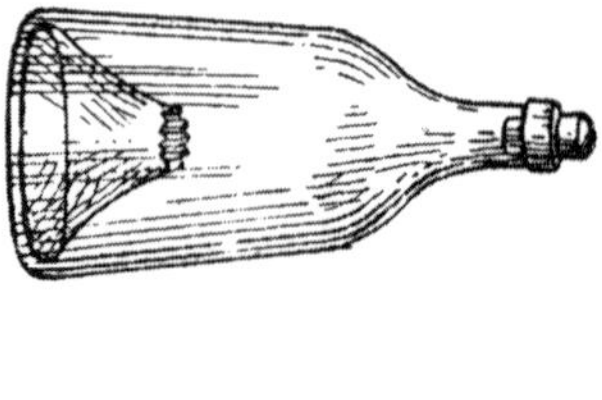

図7　小魚を捕るための瓶胴

噴　水（ゲルマント大公邸の中庭に設置された噴水）

噴水は、遠くから見ると、すらりとして微動だにしない固体のように感じられ、そよ風に揺れるのは、はるかに軽く青白く震えて、羽根飾りのように垂れさがる先端だけかと思える。十八世紀は、このエレガントな輪郭をごく洗練されたものに仕上げはしたが、吹きあげの型を固定してその生命を止めてしまったように思われた。これだけ離れていると、それが水とは感じられず、むしろ芸術作品を前にしている印象を受ける。てっぺんにたえず湧きあがる湿った雲にしても、まるでヴェルサイユの宮殿のまわりに集まる雲のように、その時代の性格を維持しつづけている。ところが近くで見ると、古《いにしえ》の宮殿の石材のようにあらかじめ引かれた図面を忠実に再現していながら、つねに新しく吹きあがる水は、建築家の昔の指示に従おうとしながら、それに背くように見えることでしかその指示を正確に実現することはできない。飛び散る無数の飛沫《しぶき》だけが、遠くから見てひたすら一挙に吹きあげている印象を与えるからである。一挙に吹きあげるといっても実際には、散乱して落下するのと同様に頻繁に中断しているのだが、遠くの私には、曲げることもかなわぬ緻密な隙間のないものが連続しているかに見えるのだ。一本の線に見えるこの連続した水は、少し近寄ると、吹きあげのどの高さにおいても、砕けそうになると、その横に並行して吹きあげる水があらたに戦列に加わることによって保持されていることがわかる。この並行する吹きあげは、最初の吹きあげよりも高くあがるが、さらなる高みがすでにこの第二の吹きあげにとって重荷になると、こんどはそれが第三の吹きあげへと引き継がれる。もっとそばで観察すると、力を失った水滴の群れは、水柱から落ちてくる途中で、上昇してくる水滴とすれ違い、ときにはぶつかって砕け散り、たえまなく吹きあげる水にかき乱された空気の渦のなかに巻きこまれて宙を舞ったあと、水盤のなかに崩れ落ちる。これらの水滴は、まっすぐに張りつめた水柱にたいして、ためらいがちに逆方向へ落ちてゆくことで水柱の邪魔をするとともに、おだやかな蒸気となって水柱をぼかしている。水柱はそのてっぺんに、無数の小さな水滴からなる細長い雲をいただき、変わることのない金褐色で描かれたかに見えるその雲は、全体としては壊れず動かずにいるが、そのじつ急速に上へと伸びあがって、空の雲の仲間となる。あいにくその雲は、一陣の風が吹くだけで、斜めに地上へと送り返されてしまう。

ソドムとゴモラ ⑧一三六―一三八

さまざまな花

オオデマリ（スワン夫人の早春の装い）

春が近づいても寒さのぶりかえす「氷の聖人の祝日」（五月十一―十三日）のころや「聖週間」（三月

下旬から四月下旬の復活祭に先立つ一週間〕の氷雨のころ、スワン夫人が家の中でも凍えそうだと言い言い毛皮を着たまま、どちらも白テンの毛皮でできた巨大な平たいマフとケープのまばゆいばかりに真っ白な覆いの下に、両手と肩を寒そうに隠してお客を迎えるのをよく見かけた。夫人は帰宅したあともその白い毛皮を身につけていたから、まるで冬の雪が暖炉の熱にも季節の進展にも溶けずにそこだけ四角く最後まで消え残った感があった。やがて訪れることもなくなるこのサロンのなかで、凍てつく寒さにも花が咲きほこるこの数週間の真実を余すところなく私に示してくれたのは、さらにうっとりするべつの白さである。たとえば「雪の玉《ブール・ド・ネージュ》」と呼ばれるオオデマリの白さがそれで、ラファエル前派の描いた直線状の灌木のようなむきだしの長い茎のいただきに小さな一様の花弁を集めた球体をいくつも乗せているのが、お告げの天使のように白く、まわりにはレモンの香りがただよっている。

スワン夫人 ③四四四

キンポウゲ（コンブレーの小川沿いに咲く）

このあたりにキンポウゲが非常に多かったのは、それが草のうえを遊び場として選んだからで、ひとり離れていたり、対になったり、群れになったりしている。卵の黄身のように黄色い花を見ると歓ばしい気分になるが、さりとて試食する気にはなりえず、その歓びが黄金色の表面だけに蓄えられて無用の美が生じるほど強烈なものとなるからこそ、私にはあれほど輝いて見えるのだ。

幼いころの私は、フランスのおとぎ話の「王子さま」のように美しいこの名前をまだ完全に綴ることはできなかったけれど、すでに曳舟の小道からキンポウゲに両腕を差し出したものだ。もしかすると何世紀も前にアジアから渡来したもので〔アジア・キンポウゲは十字軍兵士がオリエントからまずオランダに持ち帰ったとされる〕、無国籍者として永遠に村に住みつき、つつましい眺望に満足し、太陽と水辺を愛し、つねに小さくみえる駅舎を眺め、それでもわが国の古い油彩画のように庶民的な飾り気のなさを発揮して、東方の輝かしい詩情をいまだ保ちつづけているのである。

コンブレー ①三六二

ヒナゲシ（土手に咲くヒナゲシから海を想う）

私が、生け垣の背後に急坂となって野原へと登る土手のうえに追い求めたのは、ぽつんととり残されたヒナゲシや、怠けて後方に遅れたヤグルマギクたちである。その花が土手のあちこちを飾りつけるさまはタピスリーの縁を想わせ、そこにまばらに現れた鄙《ひな》びた田舎のモチーフはやがてタピスリーの全面に拡がってゆくのだ。それらはいまだ数も少なく、間隔もあいているが、ぽつんぽつんと現れる一軒家がすでに村の近いのを告げるのにも似て、麦の波が砕け散り、雲がもくもくと湧く広大な拡がりを予告してくれる。そして一本のヒナゲシが、網具のロープの先に高々と赤い三角旗をかかげて風にはためかせ、その下方に油じみた黒いブイが浮かんでいるのを見ると、私の胸は高鳴った。旅人が、低地で座礁した小舟を大工が修理しているのを見かけただけで、まだあらわれないうちから「海だ」と大声をあげるのと同じである。　コンブレー ①三〇四―三〇五

教会のサンザシ（コンブレーの教会の祭壇に飾られたサンザシ）

サンザシが好きになり始めたのは、想いおこせばマリアの月〔聖母マリアに捧げられる五月〕のことである。サンザシは、たんに教会のなかにあるというにとどまらず、教会ならいくら神聖な場所とはいえわれわれにも入る権利があるのだが、じつは祭壇そのものの上に置かれ、ミサ聖祭と不可分となってその執行に加わり、もろもろの燭台や聖なる器のあいだにその枝を走らせていた。枝といえば、たがいに水平に重なりあって祭式の準備をなし、葉むらの花綱でいっそう美しく飾られている。さらに葉のうえには、まるで花嫁の引き裾《トレーン》のように、まばゆいばかりに純白の小さな蕾《つぼみ》が鈴なりになっている。それをこっそりとしか見つめる勇気がない私にも、この盛大な支度が生きたものであり、ほかでもない自然そのものが、葉にこのような切れ目を穿ち、白い蕾という至高の飾りをつけ加えて、民衆の祝賀の気持をあらわすとともに、この装飾を荘厳な秘儀にふさわしいものにしているのが感じられる。さらに上のほうでは、サンザシの花冠があちこち無頓着な風情で花開き、目立たない装いの仕上げをするかのように、無造作に雄蕊《おしべ》の花束を手にしている。その雄蕊が野にかかるクモの糸のように繊細で、花冠にはすっかり靄《もや》がかかっている。そ

んなサンザシの花咲くようすを自分の心の奥底で追いつつ、それを真似てみようとすると、私には粗忽《そこつ》で活発な色白の乙女が、媚《こび》をふくんだ眼差しで瞳を細め、そそっかしくさっと顔をふり向けるさまに見えるのだった。ヴァントゥイユ氏が娘といっしょに私たち〔「私」と家族〕の横にきて座っていた。〔白いサンザシはヴァントゥイユ嬢登場の予告〕

コンブレー ①二五二―二五三

教会を出る段になって祭壇の前にひざまずいた私は、立ち上がった拍子に、ふとサンザシからアーモンドのような、ほろ苦く甘い匂いが漏れてくるのを感じた。そのとき花の表面に、はるかに濃いブロンド色をした小さな箇所がいくつもあるのに気づき、その下にこの匂いが隠されているにちがいないと想いこんだ。ちょうど焼けこげた部分の下にフランジパーヌ〔アーモンドクリーム〕の味が、また茶褐色のそばかすの下にヴァントゥイユ嬢の頰の味が隠されているにちがいないと思うのと同じだ。サンザシは音もなくじっとしているのだが、この間歇的な匂いは、さながらその強烈な生命力のつぶやきであり、それでもって祭壇がうち震えるように感じられるのは、あたかも元気のいい触覚の訪れをうけて震える田園の生け垣を想わせる。そんな触覚が想いうかぶのも、赤茶けた雄蘂をいくつか見ていると、それが春の毒を、きょうは花に変身しているが昆虫の人を刺す力をいまだに宿しているように思えるからであった。

コンブレー ①二五五―二五六

生け垣のサンザシ〔コンブレー郊外、スワン家の別荘の生け垣〕

その小道は、サンザシの匂いでぶんぶん唸っていた〔「ぶんぶん」は前項末尾で教会のサンザシを昆虫の「元気のいい触覚の訪れをうけて震える田園の生け垣」にたとえたのを受ける〕。生け垣のつくる形はさながらひとつづきの小礼拝室で、積み上げられて仮祭壇をつくる散華《さんげ》のような花のむこうに隠れている。花の下には、太陽が、あたかもステンドグラスを通過してきたかのように地面に光の格子縞を落としている。サンザシの香りは、まるで私が聖母マリアの祭壇の前にいるかと思えるほど、粘っこく限定された形に拡がり、花はといえば、これまた着飾って、うわの空といったようすで、めいめいが輝くばかりの雄蕊《おしべ》の花束を手にしている。雄蕊は、ゴシック・フランボワイヤン様式〔十五世紀頃のゴシック建築後期の様式〕の放射状にのびた繊細な葉脈模様にそっくりで、それは教会では内陣仕切りの欄干やステンドグラスの仕切りに透かし細工をほどこし、イチゴの花の白い肌となって花開いているのだ。これと比べると野バラの花は、いかにも純朴な田舎の娘にみえることだろう。その花もまた、何週間かたてば、陽の光をいっぱいに浴びて同じ田舎の道を咲き登ってゆくのだろう、一陣の風にもはだけて赤くなる無地の絹の胴衣をまとって。

コンブレー ①三〇二―三〇三

それはたしかにサンザシではあったが、バラ色で、白い花に比べて一段と美しかった。それもまた、祝祭日の装いだったが——といっても宗教上の祭日だけがその名に値する真の祝日の装いをしていた。というのも世俗の祝祭日のように、とくにそう定められたわけでもない、本質的になんら祭られる必然性のない任意の日に、偶然の気まぐれで祭日を当てはめたのではないからだ。〔……〕そして私は、なるほど白いサンザシを前にしたときもそうだったが、いっそう目を瞠《みは》る想いでただちにこう感じた。こうした花に祝祭の気持があらわれているのは、なにもわざとらしい巧みな人為によるのではなく、自然がおのずからそれを表現したのだ、仮祭壇づくりに精を出す村の商店のおかみさんのような純朴な気持で、田舎風のポンパドゥール様式〔十八世紀のポンパドゥール侯爵夫人にちなみ、小さな花飾りを多用した優雅なスタイル〕を想わせる、あまりにも優しい色合いの小さなバラ飾りを灌木に鈴なりにつけて、祝祭の気持をあらわしたのだ、と。枝のうえのほうでは、まるで鉢植えの小さなバラがレース飾りの紙で鉢をつつまれて大祝祭日の祭壇に並べられ、その火箭《ひや》を放射状にのばすように、はるかに淡い小さな蕾《つぼみ》が無数についている。その蕾がわずかにほころび、バラ色の大理石の盃の底みたいに真っ赤な紅殻色《サンギーヌ》をのぞかせるようすは、どこで蕾をつけどこで花咲くことになろうとも、バラ色にしか咲きようがないこのサンザシのどうすることもできない特性を、咲ききった花よりいっそうあらわにしていた。生け垣のなかに立ち混じりながら、それと一線を画するすがたは、さながらよそゆきのドレスで着飾った乙女がひとり、家にのこる部屋着すがたの人たちのあいだに立つ図で、マリアの月に出かける準備もすっかり整い、はやくもそこに参加している――そんなふうに輝きわたり、真新しいバラ色の装いで微笑むカトリックのすてきな灌木だった。〔前々項の「教会のサンザシ」の場面につながる表現〕

睡蓮（コンブレー郊外の川に浮かぶ睡蓮。モネの『睡蓮』連作を想わせる。図8・9参照）

ヴィヴォンヌ川のつくる小さな池は文字どおり睡蓮の花園と化していた。このあたりまで来ると岸辺にはどこも木がこんもり繁り、大きな木の影になって、水もふだんは暗い緑の地色だったが、ときに午後の夕立がやみ、からりと晴れあがった夕方、私たちが散歩から帰ってくると、水面がまるで七宝かと見まがうほど、日本風の、派手に目をひく、紫に近いライトブルーになっているのを見かけたことがある。水面のあちこちがイチゴのように赤くなっているのは、真ん中が深紅で、縁《ふち》が白い睡蓮の花が咲いているのだろう。さらに先に行くと、花の数はずっと多くなるが、色のほうは薄く、艶もなくざらざらして皺もふえたのが、偶然いとも優雅な渦巻き状に配置され、まるで雅《みやび》な宴《うたげ》のあとに悲しく花が散るように漂っているのは、モスローズの花飾りがばらばらになったのを見る想いがする。べつの一角にはごくありふれた種類の睡蓮ばかり咲いていて、清潔好きの家庭で入念に洗われた磁器みたいにスイートロケットを想わせる小ぎれいな白とピンクの色合いをみせている。もうすこし先に花がびっしり咲いているところは、文字どおり水に浮かぶ花壇で、まるでパンジーが庭という庭からチョウの大群のように飛んできて、青みをおびた艶のある羽を水の花壇の透明な斜面に憩わせているといった風情である。それは空の花壇でもある。

図8・9　クロード・モネ『睡蓮』(上：ボストン美術館，1905／下：マルモッタン美術館，1907)

というのは空こそ、咲きみだれる花に、花それ自体の色よりもずっと貴重で感動をそそる土壌を提供していたからであり、睡蓮の下が、午後、注意深く静まり、揺れうごく幸福感にみちた万華鏡のようにきらめくにせよ、夕べ、遠くの港のようにバラ色となって夕陽の夢想に満たされるにせよ、たえず移り変わりつつ、はるかに固定した色合いの花びらのまわりで、つねに刻一刻のなかに潜むいちばん奥深くてはかない神秘的なもの——無限なもの——といつも合致していたから、まるで天空の高みに睡蓮を咲かせたように見えるのだった。

コンブレー ①三六五—三六六

リンゴの木々と花（海辺の保養地バルベックで見かけたリンゴの木々）

街道に出たとたん、目もくらむ光景があらわれた。かつて祖母とともにやって来た八月には、ただ葉叢《はむら》しか見えず、そこにリンゴの木々があるとわかるだけだったのに、いまやその木々は、未曾有の豪華絢爛たる一面の花盛りであった。その木々は、足を泥のなかに浸けたまま舞踏会の衣装に身をつつみ、類を見ないみごとなバラ色のサテンを陽光にきらめかせ、それを汚すまいとする気遣いなどさらさらない。遠くに見える海は、リンゴの木々からすると、まるで日本の浮世絵版画に描かれた遠景であろう。私が顔をあげて、花のあいだに、からりと晴れて鮮烈なまでに青い空を眺めようとすると、花のほうは隙間をあけてこの楽園の奥深さを見せてくれるように思われる。そんな紺碧の空のもと、いまだに冷たいそよ風が、ほんのり赤く染まる花束をかすかに揺らしている。おびただしい数の青いシジュウカラ《アオガラ》が飛んできて枝にとまり、花のあいだを跳びまわるのを花が寛大に許しているのを目の当たりにすると、この生きた美も、まるで異国趣味と色彩の愛好家によって人為的につくり出されたかに見える。しかしこの美しさが涙をさそうほどに心を打つのは、その洗練された芸術の効果をいかに極めようと、やはりこの美が自然のものと感じられ、このリンゴの木々が農夫たちと同じようにフランスの街道沿いの野原のただなかに立っていると実感されるからである。やがて太陽の光線にかわって不意に雨脚があらわれ、あたり一面に筋目をつけ、その灰色の網のなかに列をなすリンゴの木々を閉じこめた。しかしその木々は、降りそそぐ驟雨《しゅうう》のなか、凍てつくほど冷たくなった風に打たれながら、花盛りのバラ色の美しさをなおも掲げつづけていた。春の一日のことである。

ソドムとゴモラ ⑧四〇三―四〇六

リラ（メゼグリーズのほうの散歩中）

私たち〔家族〕は、〔スワン家の別荘の〕庭園に着く前から、そこに咲くリラの香りがよそ者を出迎えに来てくれるのに出会う。リラの本体は、小さなハート型のみずみずしい緑の葉のあいだから、好奇心旺盛に、庭園の柵のうえにモーヴ色や白の羽根飾りをもたげているが、それは日陰にあっても、すでに陽光を浴びていたのでつややかに輝いている。リラのなかには、守衛の住む「警吏館」と呼ばれる瓦ぶきの小さな建物になかば身を隠しているのもあり、ゴシック様式風の切り妻のうえに、おのがバラ色の回教寺院風尖塔《ミナレット》をのぞかせている〔リラは十六世紀に渡来したオリエント起源の灌木〕。フランス庭園のなかにペルシャの細密画を想わせる鮮やかで混じりけのない色調を残すこのイスラムの若い天上の美女に比べると、春のニンフといえども俗悪に思えたにちがいない。私はそのしなやかな腰を抱きしめ、香《かぐわ》しい頭《こうべ》の星のようにきらめく髪をそばに引き寄せたいと願ったが、私たちは立ち止まらずに通りすぎる。

コンブレー ①二九八―二九九

キク〔スワン夫人邸で眺めたキク〕

私がキクに感嘆したのは〔……〕、おそらくキクの花が〔スワン〕夫人の肘掛椅子をおおうルイ十五世様式の絹のように淡いバラ色だったり、夫人のクレープ・デシンのガウンのように雪を想わせる白だったり、夫人のサモワールのように赤銅色だったりと、サロンの装飾を補完するもうひとつの装飾をつけ加えていたからである。色合いは同じく豊かで洗練されてはいるけれど、こちらの装飾は生きていて、その命は数日しかない。しかし私が感動したのは、このキクの花がはかなく消えずに長持ちすること、十一月の午後の終わりの靄《もや》のなかで夕日がじつに華麗に演出する色調と同じくバラ色だったり赤銅色だったりして、スワン夫人の家に入る前には見えていた夕日がすでに空に消えかかるときでも、夕日の色調が花の燃えるような色彩《パレット》に移植され命長らえてふたたび見出せることだった。このキクの花は、偉大な色彩画家の筆によって不安定な大気と太陽から盗まれた火のように人間の住まいを飾り、十一月のきわめて短命な楽しみの密かで不可思議な輝きを私のそばに燃えあがらせ、どれほど悲しくてもせめてお茶の時間だけはこの楽しみを貪欲に味わうよう私を誘ってくれたのである。

スワン夫人 ③三六七―三六八

鳥

鐘塔から吐き出されるカラス〔コンブレーのサン＝チレール教会〕

〔鐘塔の〕窓という窓から、等しい間隔をおいて吐き出され、落ちてくるのが、カラスの群れである。いっときカーカーと鳴きながら旋回しているが、古い石がそれまで自由に跳ね回らせ、目にも止めず気にもしなかった存在を、突如いつ果てるともしれぬ騒動の原因になると、住むことを許さず放り出した恰好である。カラスの群れは、そのあと紫色のビロードを想わせる夕べの大気の四方八方にいくつもの筋を描くと、いきなり大人しくなり、不吉だった塔がふたたび恩恵をもたらしてくれると認めたのか、あらためて塔のなかに吸い込まれる。そしてあちこちで羽を休めているが、じっとしていると見えて、じつは小尖塔の先端で虫でもくわえているのかもしれない。

コンブレー ①一五〇

シャンゼリゼ公園のハト（ジルベルトと遊んだとき）

私たちが芝生のうえでゲームを始めたとき、そこから飛び立った数羽のハトの鳥類のリラを想わせるハート型の美しい虹色の身体が避難場所を見つけたふうにとまったのは、あるものは大きな石の甕《かめ》のうえであり、その甕のなかにクチバシをつっこんで甕のなかの大量の果物や種をついばんでいるように見えるのが、その甕に果物や種を捧げる仕草をさせているその奉納先をも指示しているように感じられた。また、べつのハトが彫像の額のうえにとまり、古代の単調な石の作品に多彩ないろどりをそえる七宝細工を載せたように見えるのは、女神が身につけるアトリビュートがその女神を特別に形容し、ひとりひとりの女性に異なるファーストネームがつくのと同じで、その女神を新たなべつの神にしている感があった。

土地の名 ②四七六

アマツバメやツバメの飛翔（夏のバルベック海岸にて）

私の窓の下では、アマツバメ〔ツバメに似るが同じ科の鳥ではない〕やツバメが飽かず穏やかに飛びかい、噴水か命の花火かと思えるほど高く舞いあがり、間隔をおいてあがるその火箭《ひや》は、糸のように長くのびて動かない白く水平ないくつもの航跡と結びついて碁盤目をなしていた〔……〕。

花咲く乙女 ④三六一

森の小鳥たちの鳴き声（バルベック海岸近辺の森を馬車で散策したとき）

私たちのすぐわきの森の木の茂みでは、数えきれないほどの小鳥が鳴きかわしているが姿は見えず、ちょうど目を閉じたときのような安らぎを感じる。私は、岩に縛りつけられたプロメテウスのように馬車の座席で身動きできないまま、わがオケアニデス〔ギリシャ神話におけるオケアノスの娘たちで、泉や森の女神。三千人を数える〕の合唱に耳を傾けていた。たまたまこの小鳥たちの一羽が葉かげから葉かげへと飛びうつるすがたが目にとまったりすると、小鳥と合唱とのあいだに明らかな因果関係がほとんど認められない私は、驚いてやみくもに跳びはねるこの小さな身体に合唱の出どころがあるとは思えなかった。

花咲く乙女 ④ 一八三

Ⅵ

音・匂い・名

Sons, Odeurs, Noms

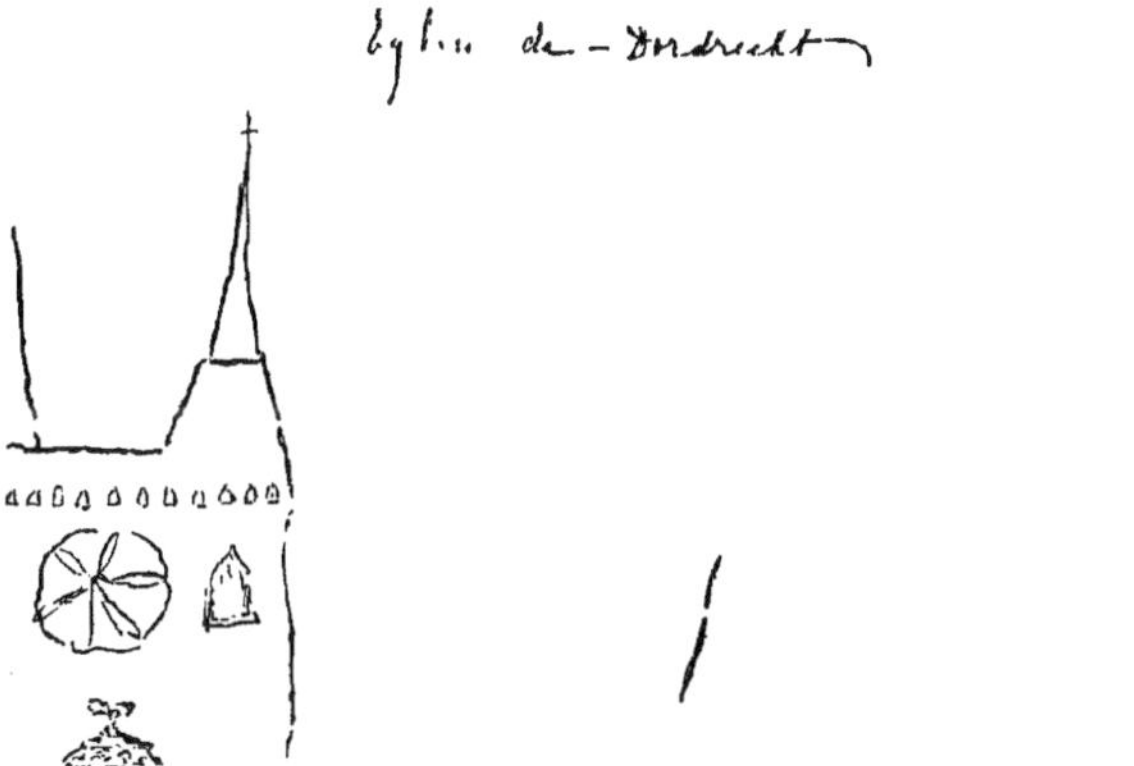

第Ⅵ章「音・匂い・名」には、感覚を出発点とする想像力の飛翔を描いた断章を収める。五感のなかでも聴覚(音)、嗅覚(匂い)、味覚(美食)はことばにするのが難しい。その言語化への挑戦はなにを喚起するのか？　また土地や人物の「名」は、その音の響きや綴りや歴史が、どんな詩的世界を想起させるのか？　そして最後に視覚についても、刻一刻と変化する教会堂のすがたはいかにして想像力に訴えるのか？　これらの問いにプルーストの断章は鋭敏な感受性を発揮して答える。

第Ⅵ章扉絵「ドルドレヒトの教会」

上方に絵の主題が Eglise de - Dordrecht と記されている。プルーストは一九〇二年十月のオランダ旅行の際(フェルメールの『デルフトの眺望』を鑑賞するためデン・ハーグを訪れる前)、汽車でドルドレヒトへ赴き、そこから船でロッテルダムに移動した。のちにプルーストは「私をいちばん楽しませてくれたのはドルドレヒトで、塔の上まで登りました」と想い出を語った(一九〇七年六月末のカラマン＝シメー大公妃宛て書簡)。

物音

鐘の音は「静寂」を絞り出す（サン＝チレール教会の鐘）

時刻を告げる鐘は、昼間の静寂をかき乱すのではなく、むしろ静寂に含まれるものを吐き出すように感じられた〔……〕。鐘塔が、ほかになにもすることのない不精者がただひとつ丹念に正確を期すときのように、――暑さがゆっくりと自然に集めた黄金のしずくを時刻の数だけ滴らせたみたいに――その時刻が来ると満ちあふれた静寂を絞り出したように聞こえるのである。

コンブレー　①三五七―三六〇

スワン来訪を告げる鈴の音（音、鈴、来訪者という認識の順序をあらわす）

夜、家の前の大きなマロニエの下で、私たちが鉄製のテーブルを囲んで座っていると、庭のはずれから聞こえてくる呼び鈴が、溢れんばかりにけたたましく、鉄分をふくんだ、尽きることのない、ひんやりする音をひびかせる場合、その降り注ぐ音をうるさがるのは「鳴らさずに」入ろうとしてうっかり作動させてしまった家人だとわかるのだが、それとは違って、チリン、チリンと二度、おずおずとした楕円形の黄金《きん》の音色が響くと、来客用の小さな鈴の音だとわかり、皆はすぐに「お客さんだ、いったいだれだろう」と顔を見合わせ、それでいてスワン氏でしかありえないのは百も承知なのだ。

コンブレー ①四五―四六

エレベーターの駆け上がる音（恋人アルベルチーヌの来訪を待ち焦がれながら）

ときおりエレベーターの上がってくる音が聞こえてくるが、それにつづく第二の音は、私の階へ止まる期待の音ではなく、それどころか引きつづき上の階へと駆け上がる音である。たいていその音はだれかの訪問を待っている私の階を黙殺することを意味したので、その後、たとえだれも待っていなくても、その音自体はまるで私を見捨てる宣言のように私の耳に辛く響いた。

ゲルマント ⑦三〇

音には場所など存在しない（友人サン＝ルーの部屋にてひとりで友人を待ちながら）

サン＝ルーの懐中時計のコチコチという音が聞こえた。きっとそう遠くないところにあるはずだ。このコチコチという音がひっきりなしに場所を変えるのは時計が目に入らないからで、音が聞こえてくるのは私の後ろのようにも、前のようにも、右のようにも、左のようにも感じられ、ときにはすっかり音が消えて、ずっと遠くにあるかと思える。突然、私は机のうえに時計を発見した。するとコチコチいう音が一定の場所で聞こえるようになり、もうそこから動かなくなった。私は、その場所から音が聞こえてくると想いこんでいたが、そこで音を聞いていたのではなく、そこに音を見ていたのだ。いかなる音にも、場所など存在しない。とはいえわれわれは音を動きと関連づけるので、音にはその動きをわれわれに知らしめ、その動きを必然かつ自然なものと思わせる効用があるのだ。

ゲルマント ⑤一六〇―一六一

匂い

階段のニスの匂い（母からお寝《やす》みのキスを与えられず、ひとりで寝室に向かう少年の悲しみ）

俗に「心ならずも」と言うが、私としてはわが心に反して、階段を一段、一段、あがらなくてはならなかった。母の接吻が授けられないため、わが心には私についてゆく許可が与えられず、心は母のそばに戻りたがっていたのである。いつも私がじつに悲しい想いで登りはじめる大嫌いな階段はニスの匂いがしたが、その匂いは、私がこうして夜ごとに感じた特別な心痛をいわば吸着していたがゆえに、私の感受性にとっていっそう苛酷なものになったのかもしれない。嗅覚という形では、もはや私の知性が介入できないからである。

レオニ叔母の寝室の匂い（高齢の叔母はコンブレーの自室に閉じこもる）

コンブレー ①七三―七四

叔母がじっさいに暮らしていたのは、隣り合うふたつの寝室だけで、午後、片方の寝室の換気をしているあいだ、もうひとつの寝室ですごすのだ。いかにも田舎らしい寝室で――土地によっては大気や海のかなりの領域が、目に見えない無数の原生動物によって光ったり、芳香をただよわせたりするのと同じで――、私たちをうっとりさせるのは、美徳や、英知や、習慣など、密やかで目には見えないけれど、過剰な精神生活から発散し、空中にただよう無数の匂いである。それは、すぐそばの田園の匂いと同じで、いまだ確かに自然の、空色の匂いをとどめているとはいえ、すでに出不精な人に特有のこもった匂いとなり、一年のありとあらゆる果物が手際よく処理され、透明で美味なゼリーとなり、果樹園から食料戸棚へと移った趣がある。季節の匂いとはいえ、すでに家具に沁みこんで家の匂いとなり、肌をさす白い霜の寒さがほかほかのパンの温かさで和げられた匂いであり、村の大時計のように、暇をもてあましているものの、きちんと時間を守る匂いである。のらくらした、それでいて堅気《かたぎ》の匂い、呑気でありながら、用意周到な匂い、リネン類の匂い、早起きで信心ぶかく、平穏で味気ないのを幸せと感じる匂いである。平穏といっても一抹の不安をもたらしてくれるし、味気ないといっても、そこで暮らしたことのない人には訪れるだけで汲めども尽くせぬ詩情をもたらしてくれる。その空気には、滋養に富む風味ゆたかな静寂の精華があふれていて、そこを歩むと、私としては否応なく食いしん坊の気分になる。とりわけ復活祭の週の最初のころの朝は、いまだ肌寒く、コンブレーに着いたばかりの私にはその静寂がいっそう満喫できた。〔……〕すると火が、まるでパイ生地を焼くように、食欲をそそる匂いをこんがりと焼きあげる。その匂いが部屋の空気を練り粉にし、朝の、陽光をあびた湿った冷気で発酵させて「膨らませる」と、火はその匂いを幾重にも折りかさね、皺をつけ、膨らませたうえ、こんがりと焼きあげ、目には見えないが感知できる田舎のパイ、巨大な「ショーソン」〔丸い生地にリンゴのコンポート、ジャムなどを挟んだ二つ折りのパイ〕をつくりあげる。このショーソンでは、戸棚や整理ダンスや枝葉模様の壁紙など外側の、中よりはるかにパリパリした、より繊細で、ずっと評判のいい、それでいて味けない風味を味わうと、すぐに私は、いつも密かな渇望をいだきつつ、中央に位置する花柄のベッドカバーの、べとべとして、むっとする、消化しにくいフルーティーな匂いにもぐりこむのだ。

コンブレー ①一二一―一二三

ガソリンの匂い〔自動車でめぐった夏の日々を想い出させ、旅への欲望をかき立てる〕

私は、しだいに規則正しく強まる風のような、窓の下を通る自動車の音を聞いて嬉しくなった。ガソリンの匂いがしたのだ。気難しい人たちは（つねに物質主義者だから、田園を台なしにするものとして〕この匂いを遺憾に思うかもしれない。その思いはある種の思想家たちにも共通し、それなりに物質主義者というべきその種の思想家たちは、事実が重要だと信じているから、人間の目がもっと多くの色彩を見ることができ、人間の鼻孔がもっと多くの芳香を嗅ぐことができれば、人間はもっと幸福になれるし、もっと高尚な詩をつくれると想いこんでいるが、このような考えは、黒の燕尾服ではなく華麗な衣装に身をつつめば人生はもっとすばらしいものになると信じる人たちのおめでたい考えに哲学ふうの外装をまとわせたにすぎない。しかし私にとっては〔……〕このガソリンの匂いは、エンジンの吹きだす煙とともに、私が〔……〕出かけた焼けるように暑い日々、何度も淡い紺碧の空へと消えていったものであり、あの夏の日々の午後、アルベルチーヌが画を描いていたあいだ私の車での散策につきまとったものだったので、いまや暗い自分の部屋にいるにもかかわらず、その匂いは、私の両側にヤグルマギクやヒナゲシやベニバナツメクサの花を咲かせ、まるで田園の匂いのように私をうっとりさせたのであるが、田園の匂いといっても、サンザシの前に張りつき、粘っこい濃密な成分にひきとめられて生け垣の前にとどまって漂う匂いのように、限定された範囲に固着した匂いではなく、その匂いを前にして街道は遠ざかり、地形は変わり、城館は駆けより、空の色は薄らぎ、体力を著しくみなぎらせる匂いであり、跳躍と力の象徴のような匂いであり、私がバルベックで覚えたガラスと鋼鉄の箱〔自動車〕に乗りたいという欲望をあらためていだかせる匂いである〔……〕。

囚われの女 ⑪五〇六—五〇八

図10　アミアン大聖堂の四つ葉レリーフ

美食の愉しみ

名料理人フランソワーズの献立

私たちの献立は、ちょうど十三世紀に各地の大聖堂の正面扉口に彫られた四つ葉レリーフ〔アミアン大聖堂のレリーフ（図10）参照〕のように、四季のリズムと人生のエピソードを反映するものとなっていた。たとえば大型ヒラメが出るのは魚屋のおかみがフランソワーズに鮮度を請け合ったからであり、七面鳥が出るのは本人がルーサンヴィル＝ル＝パン〔コンブレー近在〕の市《いち》で立派なのを見かけたからであり、カルドン・ア・ラ・ムワル〔チョウセンアザミの一種カルドンに牛の骨髄ムワルを添えた料理〕が出るのはまだこの料理法でつくったことがないからであり、羊の股肉《ジゴ》のローストが出るのは外の空気を吸うとおなかが減って夕食までの七時間のうちに充分こなれるからであり、ホウレンソウが出るのは気分を変えるためであり、アプリコットが出るのはまだ珍しいからであり、ふさすぐり《グロゼイユ》が出るのは二週間後にはもう出回らないからであり、フランボワーズが出るのはスワン氏がわざわざ届けてくれたからであり、サクランボが出るのは二年にわたり実のならなかった庭の木でようやくとれた初物《はつもの》だからであり、クリームチーズが出るのはかつて私の好物だったからであり、アーモンド・ケーキが出るのはフランソワーズが前日に注文しておいたからであり、ブリオッシュが出るのは私たちが買ってきて提供する番だったからである。これらが終わると、私たちのために特別にこしらえ、それに目がない父にとくに捧げるクレーム・オ・ショコラ〔溶かしたチョコレートにミルク・卵・生クリームを加えて冷やしたデザート〕が、フランソワーズの創意になる独自の呼びものとして供される。はかなく消える、浮薄な、その場かぎりの作というべきだが、そこにフランソワーズはおのが才能のありったけを注ぎこんだのである。かりに「もう結構、おなかが一杯」と言って味わうのを断るような者がいたら、ただちに不作法者の烙印を押されたであろう。

コンブレー ①一六六―一六七

アスパラガス〔台所に置かれたアスパラガスの束の描写。図11のマネの画を想わせる〕

私がうっとりしたのは、アスパラガスを目《ま》のあたりにしたときである。それはウルトラマリンとピンクに染まり、穂は、丹念に細かいタッチの薄紫と紺碧《こんぺき》で描かれ、気づかないうちに色がぼかされて根元にいたるのだが――根元はまだ植わっていたときの土で汚れている――、それはひとえにこの世のものとは思えない虹色の輝きの効果である。私には、天上を想わせるこの微妙な色合いに、じつに魅力的な女たちが隠れているような気がした。ふざけて野菜に変身しているが、食べて歯ごたえのある身に変装したところに、曙《あけぼの》の色合いが生まれ、最初の虹が素描され、青い夜は消滅し、その貴重なエッセンスが垣間みえる。夕食にそれを食べたあともなおそのエッセンスが認められたのは、それが一晩じゅう、シェイクスピアの夢幻劇のように詩的かつ下品ないたずらをして、私の溲瓶《しびん》を香水瓶に変えてしまうときである。

コンブレー ①二六九

チョコレート・ケーキ(女友だちジルベルトの自宅での「おやつの会」にて)

レンブラントが描いたアジア風「神殿」の内部のように暗いなかには、威風堂々たる建造物のごときケーキがにこやかに親しげに鎮座している。なんでもない日でもジルベルトがふとチョコレートの狭間《はざま》をはぎとったり、竈《かまど》で焼かれて鹿毛《かげ》色になったダレイオス大王(アケメネス朝

図 11 エドゥアール・マネ『アスパラガスの束』(1880)

ペルシャの大王〕の宮殿の稜堡《りょうほ》のような急斜面の城壁を壊したりしたくなったときのために備えているといった趣である。しかもジルベルトは、ニネベ〔起源前七世紀に破壊されたアッシリアの首都〕を想わせるケーキの破壊にあたって、自分の空腹と相談するだけではなかった。私の空腹具合まで訊ねたうえで、崩された建造物から、深紅の果物で仕切られたオリエント趣味の光沢ある壁の一部をとり出してくれる。

スワン夫人 ③一八〇

アルベルチーヌの語るアイスクリーム〔性的サディスムを想わせる〕

「あたしがアイスクリームの神殿や、教会や、オベリスクや、岩山なんかを食べるときはね、その都度まずはそれを地理の挿絵みたいに眺めて、それからフランボワーズやバニラの建造物をあたしの喉ごしに冷たいさわやかなものに変えてしまうの。そうそう、リッツ・ホテルにいらしたら、ヴァンドームの塔〔図12〕をかたどった、チョコレート味とかフランボワーズ味とかいろんな味のアイスクリームが見つかるかもしれないわね。その場合、そんな塔をいくつも並べて、「冷涼」の栄光を讃えるための参道に列をなして建てられた祈願柱や塔門〔図13〕のようにしなくっちゃ。リッツじゃ、きっとフランボワーズのオベリスク〔図14〕だってこしらえてるでしょうね。焼けつく砂漠みたいに渇いたあたしの喉のところどころにそんなオベリスクがそびえ立って、そんなオベリスクのバラ色の花崗岩を喉の奥で溶かしたら、きっとオアシスよりも快適に喉を潤してくれるはずよ（ここでアルベルチーヌは心の底から笑った。うまく話せることに満足したのか、それとも首尾一貫したイメージをくり出して意見を述べる自分自身をあざ笑ったのか、それとも遺憾ながら、自分のなかに官能の歓びにも匹敵するものをもたらすなんともおいしくてさわやかなものを感じて肉体的快楽を味わったのか、いずれかであろう）。リッツのアイスクリームのそそり立つ峰って、ときには〔アルプスの〕モンテローザみたい。そのアイスクリームがたとえレモ

図 12　ヴァンドーム広場の塔とリッツ・ホテル（上）
図 13　エドフ神殿の塔門（中）
図 14　コンコルド広場のオベリスク（下）

ン味で、歴史建造物の形なんかしていなくても、エルスチールの山みたいに不格好で険しいものだったら嬉しいわ。その場合、アイスクリームがあんまり白すぎちゃダメよ、いくぶん黄味をおびて、エルスチールの山に描かれた薄汚れて茫漠とした雪みたいだと最高ね。アイスクリーム自体はそんなに大きくなくても、まあ言ってみれば小型のアイスクリームでもいいのよ、でもこの手のレモン味のアイスクリームは小さくてもやっぱり山は山で、うんと縮小されていても想像力が元の大きさをとり戻してくれるのよ、日本の盆栽を見ればこれはヒマラヤスギ、これはコナラ、これはマンチニール〔アメリカ大陸熱帯地方の常緑樹〕だとわかるようにね、あたしの部屋のなかの小さな溝に沿ってそんな盆栽をいくつか置くと、大きな河へとくだってゆく森のなかにいるような気がするわ、小さな子供たちが迷子になるくらいの森だから。それと同じように、レモン味の黄色っぽい小型のアイスクリームの麓《ふもと》にだって、大勢の御者だの旅人だの貸し馬車《シェーズ・ド・ポスト》だのがはっきり見えるの。あたしの舌の役目はね、そんな一行のうえに凍るように冷たい雪崩をおこして一行を埋めてしまうことだわ（アルベルチーヌがそう言ったときの残忍な官能の歓びが私の嫉妬をかき立てた）。それと同じであたしの唇の役目はね、イチゴの斑岩でできたたくさんのヴェネツィアの教会の柱を一本また一本と壊していって、その教会の残骸を信者たちのうえに落下させることなの。そう、そうするとね、そんな建物がどれも、石の広場からあたしの胸のなかへ移動してきて、早くも胸のなかで溶けてゆく冷たいものが鼓動するの。」

囚われの女 ⑩二八九―二九二

ハーブティー（薬袋からとり出したハーブティーの比喩を多用した描写）

〔レオニ〕叔母は自分で気が立っていると感じると、紅茶のかわりにハーブティーを所望する。その場合は私が、沸騰したお湯に入れるべきシナノキの花のハーブティーを必要量だけ薬の袋から皿のうえにとり出す。茎はどれも乾燥して折れ曲がり、気まぐれな格子模様を形づくっているが、その組み合わせ模様のなかに青白い花がいくつか咲いているのは、画家が花を並べて最高の装飾効果があがるようにポーズをとらせた感がある。葉のほうは、もとの外観が喪失したり変貌したりしているため、まるでハエの透明な羽や、なにも書いていないラベルの裏や、バラの花びらなど、ばらばらの素材を寄せ集め、つみ重ねたり粉々にしたり編んだりしてつくりあげた巣を想わせる。これら無用の数えきれないこまごましたものは――薬剤師の憎めない贅沢というべきだろう――、人工的な調合なら省略されるはずだが、本の中で知り合いの名前に出会って目をみはるときのように、これはまがい物ではなく本物で、私が駅前大通りでみかけるのと変わらない本物のシナノキの茎が枯れたものだと納得できる楽しみがある。そこに新たな特徴が認められる場合でも、どれも古い特徴が変貌しただけのことで、小さな灰色の玉が混じっていれば私には緑の蕾《つぼみ》が咲ききらなかったのがわかる。とりわけ壊れやすい茎の森のなかに、バラ色の月さながらの穏やかな光沢の花が浮かび、それが黄金色の小さなバラのようにぶらさがっているときには――壁面から消失したフレスコ画の位置を今もなお浮かびあがらせてくれる薄明かりのように、木のなかで「色つき」だった花の部分とそうでなかった部分との違いを示してくれる徴《しるし》である――、私はそれが薬袋を彩る前に春の夕べを香《かぐわ》しい匂いで満たしていた花びらにほかならないと悟る。この大ロウソクが燃えるようなバラ色の輝きは、いまなお花の色を保つとはいえ、いまや花の生命が衰え、なかば消失し、眠りこんだ色彩であり、いわば花のたそがれ時なのである。

コンブレー ①一二五―一二六

名と夢想

ジルベルトの名（シャンゼリゼ公園で女友だちが呼ぶジルベルトの名を聞いて）

このジルベルトという名前が私のそばを通りすぎたとき、その場にいない人を話題にして単に名前を挙げたというのではなく、本人に呼びかけた名前であるだけに、名前の示す人物の存在がより切実に感じられた。かくして私のそばを通りすぎたとき、その名前は活動中というべきか、名前を投げ出した曲線が目標に近づくにつれ、その力は増大した。――その名前が通りすぎたとき、それが運んでいると私に感じられたのは、その名で呼ばれた少女にかんする知識であり、基礎的概念である。それは私ではなく呼びかけた友人が持っているもので、その知識と概念には、ふたりの毎日の親密なつき合いについて、たがいの家への訪問について、この幸せな少女にとってはじつに身近で御しやすい存在であるだけに私には近寄りがたくて苦痛をもたらすほかないこの未知の存在について、その名前を口にしたときこの友だちが想いうかべたこと、少なくとも記憶にとどめていたことがすべて含まれていて、それなのに友人が大きな声に込めてその名前を大気中に投げ出したとき、その名は私をかすめて通りすぎ、私はそのなかに入りこめないのだった。——その名前が通りすぎたとき、甘美なものを空中に発散させたのは、ほかでもない、その名前がスワン嬢の生活の目に見えないさまざまな局面、たとえば今夜、食後にその家でくり拡げられることがらに関係していたからである。——その名前が通りすぎたとき、それは子供たちやつき添いの女中たちのあいだに天の使いが到来したように貴重な色合いの小さな雲を形づくったが、それはプッサンの描いた立派な庭園の上空に湧きあがる雲に似て、オペラの書割りでおびただしい馬や車を満載した雲が神々の生活のあらわれを克明に描いている(図15)のとそっくりだった。——その名前が通りすぎたとき、最後になるがそれは、この禿げた芝草の、枯れた芝生の一部であると同時にバドミントンに興じるブロンド娘の午後のひとときをも示す地点に(娘はいつまでも羽根を打ち上げたり受けたりしていたが、青い羽根飾りをつけた子守役の女に呼ばれてようやくそれをやめた)、ヘリオトロープ色の小さなみごとな一筋の帯を投げかけると、それは反射光

と同じで触れることはできないものの絨毯のようにふわりと芝生のうえに置かれ、その上をいつまでもぐずぐずとさまよい歩く私の足取りには、満たされない冒瀆の想いが込められていたかもしれない。

土地の名 ②四四九—四五一

地名をめぐる夢想（地名はすべてノルマンディーとブルターニュの町。図16参照。主人公の少年は地名からその町について夢想する）

かりに私の健康が改善し、両親がバルベック滞在は許さないとしても、せめてノルマンディー地方やブルターニュ地方の建築や景色を見せてや

図15　ニコラ・プッサン『フローラの王国』(1630–31)

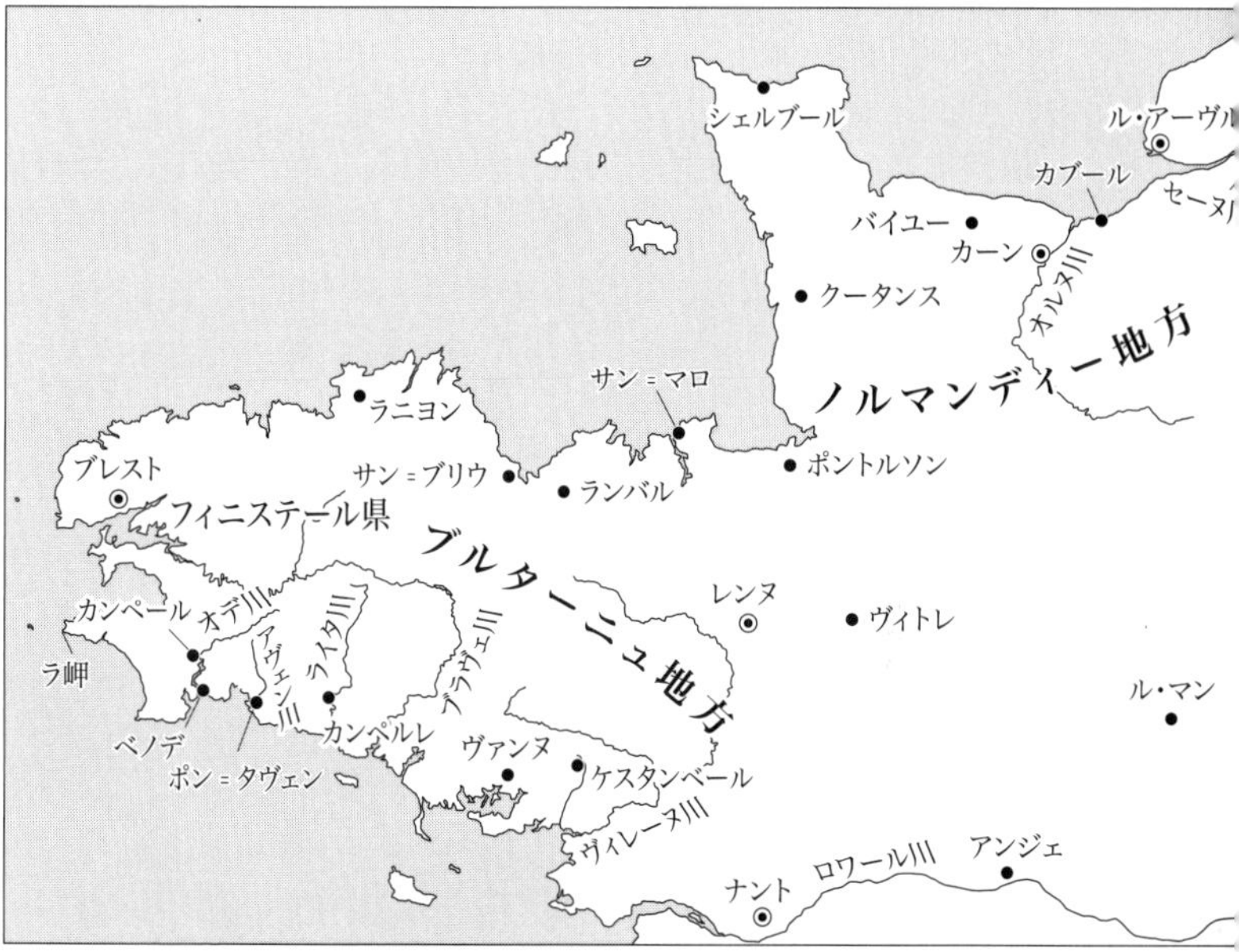

図16　ノルマンディー地方とブルターニュ地方

ろうと考え、あれほど何度も乗ってみるのを想いえがいた一時二十二分の汽車に一度なりと乗せてくれたら、私はもっとも美しい町を選んで下りてみたいと思った。ところがそれらの町をいくら比べても無駄で、とり替えようのないさまざまな個人のなかから選べと言われても無理なように、それらの町のなかからどうして選べばよいのか？　バイユーは、赤味をおびた高貴なレース〔バイユーの名産〕に包まれてひときわ高くそびえ、その頂《いただき》は最後のシラブルの醸《かも》しだす古色をおびた黄金色に照らし出されている。ヴィトレは、そのアクサン・テギュ〔Vitréのeに付されたアクサン記号〕のせいか、古いガラス窓に菱形の黒い木枠をつけている。穏やかなランバルは、白い衣に包まれ〔Lamballe は「白」blanc と同一音を含む〕、卵の殻のような黄色からパールグレーへと移り変わる。クータンスといえばノルマンディー地方の大聖堂で、最後の二重母音が脂肪をふくみ黄味をおびるためか、てっぺんにバターの塔を載せている〔バターと乳製品は土地の名産〕。ラニヨンでは、村が静まりかえるなか、ハエにつきまとわれた乗合馬車の音がひびく。ケスタンベールとポントルソンは、滑稽かつばか正直というべきか、川の流れる詩情あふれる土地にむかう街道に散らばった白い羽根と黄色いくちばしである。ベノデ〔オデ川河口の町〕の名は、かろうじて岸に係留されているが、川の流れで水藻のなかへ引きずりこまれるように感じられる。ポン＝タヴエン〔世紀末に画家グループが滞在〕は、軽いかぶりもの〔ブルターニュ地方の郷土衣装〕の縁《へり》が白とバラ色に舞いあがり、それが運河の緑の水面にゆらゆらと映っている。カンペルレ〔ライタ川沿いの町〕はといえば、もっとしっかり、しかも中世このかた多くの小川のあいだに固定され、そのあいだをさらさらと流れては、真珠《ペルル》のような小さな飛沫を集めて一幅の灰色淡彩画《グリザイユ》を形成する。ステンドグラスにかかるクモの巣を通過してきた太陽光線が、磨いて艶《つや》出しをした銀尖筆となって描き出した灰色淡彩画を想わせるのである。

土地の名 ②四三七―四三八

ヴェネツィアの夢想〔少年期から憧れた町を想う〕

ところが突然、舞台の背景が変わった。〔……〕それはもはや葉の生い茂った春ではなく、それどころか私が今しがた心中で口にした「ヴェネツィア」という名ゆえにいきなり木々や花々を奪われた春、上澄みのエッセンスだけに還元された春、もはや不純な土ではなく、汚れなき青い水、春めいても花はつけず、五月という季節にも照りかえしで応えるだけで、五月によって磨かれ、飾りけのないくすんだサファイア色に変わらず光ることで五月にぴったり適合しようとする水、そんな水をしだいに発酵させて日々を段階的に長くし、暖め、晴れやかにすることであらわされる春である。

囚われの女 ⑪五〇八—五〇九

大型船を見たあとの夢想（バルベックのホテルにて）

私はベッドに横になる。すると、暗闇のなかをしんと静まりながら目を覚ましている白鳥の群れのようにゆっくりと私のかなりそばを進んでゆく船という船が不思議なことに闇のなかに浮かびあがり、私はそんな船の寝台に横たわったつもりになって、四面を海のイメージにとり巻かれていた。

花咲く乙女 ④三六〇

教会

コンブレーの教会（両親と出かけたサン＝チレール教会）

いまもどれほどありありと目に浮かぶことか、私たちの教会は！　私たちが出入りした古い玄関アーチは、黒く、あばた状に穴ができ、角という角は曲がって深くえぐれていた（玄関を入ったところにある聖水盤も同様だった）。農家のおかみさんたちが教会に入るときにはマントが軽く触れ、おずおずと聖水をいただくときには指が軽く触れ、それが何世紀にわたりくり返されるうちに破壊力を獲得し、荷馬車の車輪が毎日ぶつかる境界石にいつしか車輪の跡がつくように、石を穿ち筋をいくつも刻みつけた感がある。墓石はといえば、その下にコンブレーの歴代神父の尊い遺灰が埋葬され、内陣の床に信仰心あふれる石畳を形成していたが、石それ自体、もはや無機質の固い物質ではなくなっていた。時間の作用で柔らかくなり、元来の四角い枠の外にまで蜜のように流れ出していたからである。墓石は、こちらではブロンドの波となって溢れ出し、その結果、大文字のゴシック花文字をひとつ波間に漂わせ、大理石の白いスミレの花を水中に溺れさせたかと思うと、手前のべつの箇所では、墓誌の省略されたラテン語をさらに縮めたり、省略された文字の配列にも気まぐれを持ちこみ、単語の二文字だけを近づけ、他の文字同士を途方もなく離したりした。〔……〕ひと筋の陽の光が輝いたからか、それとも私の眼差しが移動したときに、消えたり灯ったりするステンドグラスを横切って揺れ動く貴重な炎をさまよわせたからか、もうつぎの瞬間にステンドグラスは、クジャクの尾羽のような千変万化の華麗な輝きをおび、それから、うち震え、波うち、フランボワイヤン様式〔細い火炎状の装飾を特徴とするゴシック後期の様式〕の幻想的な雨となって、暗い岩の丸天井の高みから湿った壁にそって滴り落ちてくるので、祈禱書をたずさえた両親について歩く身廊は、くねくねと鍾乳石のぶらさがる虹色の洞窟のようだった。いっときすると小さな菱形のステンドグラス群が深い透明性をたたえ、甲冑の巨大な胸当てに張り合わされたサファイアみたいに丈夫な硬度を備えるにいたり、その背後には、このような立派な装飾よりもはるかに愛らしく、ふと太陽の微笑むのが感じられる。その微笑みは、ステンドグラスの宝石を照らす青く優しい光の波にも認められたし、広場の敷石や市場の敷きわらにも認められた。その微笑みは、私たちが復活祭の前に到着したばかりの日曜日、まだなにも生えていない真っ黒な地面を嘆く私を慰めるために、まるで聖王ルイ〔十三世紀のルイ九世〕の後継者の時代にまでさかのぼる春のように、ガラスでできたワスレナグサを敷きつめて黄金色にまばゆく輝く絨毯を咲かせてくれたのである。

コンブレー ①一四〇―一四四

コンブレーの教会の鐘塔（さまざまな位置から眺めた鐘塔）

鐘塔の見えるのが、五時になって郵便局に手紙をとりに行くときで、家から数軒先の左手に、家並みの屋根の稜線のつづきが急にひときわ高い頂《いただき》になる場合でも、あるいはサズラ夫人〔コンブレーの住人〕の近況を聞くために夫人宅に寄るので鐘塔から二つ目の通りを曲がらなくてはならないと考えつつ目で追っていると、鐘塔のべつの傾斜面が下降するのにつづいて家並みの稜線もふたたび低くなる場合でも、あるいはさらに遠くの駅まで行くときに斜めから鐘塔が目にとまり、回転している立体がいきなり未知の局面をみせる瞬間があるように、横からさまざまに新たな辺や面を見せてくれる場合でも、あるいはヴィヴォンヌ川の岸辺から眺めると筋骨たくましく元気をとり戻したように見える後陣が、尖塔を空の上に投げあげようとする鐘塔の勢いにつられてあらわれ出たように感じられる場合でも、つねに立ち返るべきは鐘塔であり、すべての上に君臨し、思いがけない小尖塔を振りかざし、家並みに命令をくだしているのは鐘塔なのである。その小尖塔が私の目の前にすっくと立つのは、たとえ神の身体が群衆のなかに隠れていても、その指が立てられていて、私には見間違うはずがないのと同じである。

コンブレー ①一五五―一五八

マルタンヴィルの鐘塔（コンブレー郊外に建つ教会の鐘塔を馬車の中から即興で書きとめた文章）

平原からそれだけが頭をもたげ、見わたすかぎり何もない野原で途方に暮れたかのようにマルタンヴィルの二本の鐘塔が空にのびていた。やがてそれが三本になるのが見えた。遅れてやって来た〔谷向かいの〕ヴィユヴィックの鐘塔が、大胆に方向転換をして、二本の鐘塔の正面にまわりこんで合流したからである。数分が経過し、私たちはかなりの速度で進んでいたが、それでも三本の鐘塔はあいかわらず遠くの前方にあり、まるで平原に降り立った三羽の小鳥のようにじっと動かないのが陽の光でわかる。ついでヴィユヴィックの鐘がわきに退いて遠ざかると、マルタンヴィルの鐘塔だけが残って夕陽に照り映えていたが、これだけ離れていても、私にはその光が鐘塔の斜めの壁面でたわむれ微笑んでいるのが認められた。なかなか鐘塔に近づけず、そこに行き着くにはまだどれほどかかるだろうかと考えていたところ、突然、馬車が道を曲がると、もうそこは鐘塔の足元だった。鐘塔があまりにも乱暴に馬車の前に飛び出してきたので、ポーチに衝突しないように停まるのが精一杯だった。私たちはさらに先に進んだ。しばらく前からすでにマルタンヴィルは後方にあり、村もしばし私たちを見送ったあと、すがたを消していた。地平線にはただマルタンヴィルの鐘塔とヴィユヴィックの鐘塔だけが残り、私たちが走り去るのを見つめ、なおも別れのしるしに夕陽に映える頂をゆり動かしていた。ときには一本がすがたを消して、ほかの二本が今ひとたび私たちのすがたを眺められるようにした。それでも道が方向を変えると、鐘塔は光のなかを三本の金色の心棒のように旋回して私の視界から消え去った。しかし、それからしばらくしてすでに夕陽は沈んでいたが、私たちが早くもコンブレーの近くまでやって来て、私がそれらを最後に一度だけ遠くから認めたとき、もはやそれは野原の低い地平線のうえの空に描かれた三つの花のようにしか見えなかった。それはまた夜の帳《とばり》の下りた無人の地に置き去りにされた三人の伝説の乙女を想わせた。そして全力疾走で遠ざかってゆくあいだに見つめていると、それらはおずおずと道を探し求め、その高貴なシルエットを何度か不器用につまずかせたあと、たがいに身を寄せあい、相手の背後に身を隠しては、いまだバラ色に映える空にただひとつの黒く魅力的なあきらめの形となって夜の闇に消えていった。

コンブレー ①三八六―三八七

VII

認識と忘却

La reconnaissance et l'oubli

第Ⅶ章には、知覚・夢・確信、記憶と忘却、無数の自我、時間と空間など、人間の認識のさまざまな局面をめぐる考察を収める。記憶と忘却をめぐるプルーストの理論は、人間は移ろいゆく無数の自我から成るという認識に基づく。有名なマドレーヌの挿話(本書二〇三頁参照)はそれを雄弁に示す。

第Ⅶ章扉絵「鳥に擬されたレーナルド・アーン」

鳥が大きな翼を広げているのは、アーンの最も有名な歌曲「わが詩句に翼ありせば」(一八八八年、十三歳の作)へのほのめかしか。鳥の胴体には、プルーストが親しんでいたアーンの作品名が記されている。上から順に **L'Île du rêve**『夢の島』(一八九八年の歌劇)、**La Carmélite**『カルメル会修道女』(一九〇二年の喜歌劇)、**Chœurs d'Esther**「エステルの合唱」(一九〇四年の歌劇『エステル』より)、**Le Bal de Béatrice d'Este**『エステ家のベアトリーチェの舞踏会』(一九〇五年のバレエ音楽)、**Chansons grises**『灰色の歌』(ヴェルレーヌの詩に基づく一八九三年の歌曲集)、**Portraits de peintres**「画家の肖像」(一八九六年のプルーストの文集『楽しみと日々』に収録された四詩篇に添えられたピアノ曲)。

知覚とイメージ

外界をみつめる

私の思考こそ、もうひとつの隠れ家と言えるのではないか。私は、その隠れ家の奥にもぐりこんで外のできごとを眺めている気がする。自分の外にある対象を見つめるとき、それを見ているという意識が私と対象のあいだに残り、それが対象に薄い精神の縁飾りをかぶせるため、けっして対象の素材にじかに触れることができない。

コンブレー ①一九四

招待状から幸福の認識まで（ジルベルトからはじめて招待状が届いたとき）

私がこのことば〔ジルベルトからの招待の手紙〕を読んでいるあいだ、わが神経系統は驚くべき速さで、大きな幸福が私に訪れつつあるという知らせを受けとっていた。ところがわが心は、つまり私自身は、つまるところ主たる当事者は、まだこの知らせに気づかないでいた。この幸福、ジルベルトがもたらしてくれる幸福、それこそは私がたえず想い描いていたことであり、完全に頭のなかのこと、レオナルドが絵画について語ったように精神ノコト《コーサ・メンターレ》であった。文字に覆われた一枚の紙、そのようなものを思考がただちに消化吸収できるわけがない。しかし手紙を読み終えたとたん、私は手紙のことを考えはじめた。すると手紙はようやく夢想の対象となり、これまた精神ノコト《コーサ・メンターレ》となった。かくして私はすでに手紙を心底から愛していて、五分ごとに読みかえしてはそれに接吻した。そこでやっと私は、自分の幸福を知ったのである。　スワン夫人③一六八

内心の恋人と現実の存在（ジルベルトに恋をしたとき）

事態は、この本人と私の夢想の対象だった少女とがまるで別人であるかのように進行したのである。たとえば前日の夜から私は記憶のなかで燃えるような両眼とふっくらしたつやつやの頬を想いうかべていたのに、いまやジルベルトの顔で執拗に目につくのは、ほかでもない、私が失念していたなんとも細く鋭くとがった鼻である。それがたちどころにほかの目鼻立ちと結びつき、博物誌でひとつの種《しゅ》を定義できるほどに重要な特徴となると、ジルベルトはとがり鼻の娘という種族の少女に変貌してしまった。私としては待ち望んだ瞬間が到来したのだから、到着前から想い描いていて早くも記憶から消え失せたジルベルトのすがたを鮮明にし、ひとりでいる膨大な時間に想い出していたのは間違いなく本人であると確認し、創作中の作品のようにすこしずつ膨らませていた恋心も間違いなく本人への恋心だと確信すべく身構えていたのに、その相手はこちらに

ボールを渡そうとする。すると観念論の哲学者にあって、その肉体は外界を考慮に入れているのにその理性は外界の実在を信じていないのと同じで、相手がだれかわからないうちに挨拶してしまったのと同じ自我が、あわてて相手の差し出すボールを受けとり（まるで相手は私がいっしょに遊ぶためにやって来た仲間にすぎず、私が会いにやって来た心の友ではないと言わんばかりである）、相手が立ち去るまでずっと儀礼的な、愛想のいい、どうでもいいおしゃべりをしてしまう。その結果、本来の私はじっと押し黙ってしまい、そのあいだに焦眉の急だった見失ったイメージを手に入れることもできなければ、ふたりの恋に決定的進展をもたらす可能性のあることばを言い出すこともできず、その進展は、いつも翌日の午後に先延ばしせざるをえない。

土地の名 ②四六四―四六五

現実の苦痛とイメージ化された苦痛（フランソワーズの下で働く女中の苦痛について）

台所番女中がお産をした直後の夜、おそろしい腹痛に見舞われたことがあった。〔私の〕お母さんは台所番女中が苦痛を訴えるのを聞きつけ、みずから立ってフランソワーズを起こしたが、当のフランソワーズはまるで冷淡で、あのうめき声はすべてお芝居で、「奥さまぶって」みたいのだと言い張った。医者はこのような発作を予期して、家にあった医学書で発作の説明が記してあるページに栞《しおり》をはさみ、万一の場合はほどこすべき応急処置の指示を読むよう勧めてくれていた。

母は、フランソワーズにその本をとりに行き、栞を落とさないで持ってくるよう言いつけた。ところが一時間たっても戻ってこないので、母は憤慨し、もう寝てしまったものと思い、私に書斎まで見に行くよう言った。行ってみるとフランソワーズがいて、栞の箇所を見たのだろう、発作の臨床的記述を読んで泣きじゃくっていた。それは相手が、自分の知らない典型としての病人だったからである。

コンブレー ①二七二―二七三

夢

夢とは

不意に私は眠りこみ、ついで深い眠りに落ちてゆく。そんな熟睡中にわれわれの前にすがたをあらわすのは、若い頃への回帰であり、すぎ去った歳月や失われた感情の再来であり、魂の離脱と転生であり、死者の呼び出しであり、狂気が見る幻覚であり、もっとも原初的な自然界への退行である〔……〕。このようなあらゆる秘儀をわれわれは自分とは無縁と想いこんでいるが、実際には毎晩のようにそれを授けられている。死滅と復活というもうひとつの大きな秘儀を授けられているのと同じである。

花咲く乙女 ④三八九―三九〇

亡き祖母の夢（「心の間歇」の章より）

私が眠りに落ちたとたん、つまり外界の事物にたいして私の目が閉ざされるいっそう真正な時間へと没入したとたん、睡眠の世界が（その入口に立つと知性と意志はいっときその機能を喪失し、残酷な正真正銘の印象からもはや私を救ってくれない）、不思議にも明るく照らし出されて半透明になった五臓六腑の奥深くに、死後の生存と虚無との苦痛にみちた総合のすがたを屈折させて映しだした。睡眠の世界では、内的な認識は、こちらの内臓器官の混乱に依存して心臓の鼓動や呼吸のリズムを速めるものらしい。同じ分量の恐

ジャン・ベロー『水の流れのままに（夢の国）』（1894）

怖や悲哀や後悔でも、それが睡眠中に静脈に注射されると百倍もの力で作用するのだ。睡眠という地下都市の大動脈をくまなく探索しようと、七曲がりの内なる「忘却の川《レテ》」に乗り出すかのようにおのが血の流れる暗い波間に乗り出したとたん、威厳あふれる偉大な人影がつぎつぎとあらわれ、われわれに近づいては遠ざかり、涙に暮れるわれわれを置き去りにする。暗い玄関ポーチの下にさしかかるたびに祖母のすがたを探すが見つからない。それでも私には祖母が今もなお生存していると感じられるが、ただしその命は、想い出の命のように衰えて弱々しい。暗闇がしだいに広がり、風も強くなってくる。私を祖母のところへ連れて行ってくれるはずの父がやって来ない。突然、私は息ができなくなった。心臓が固まってしまうかと感じられ、私はもう何週間も前から祖母に手紙を書くのを失念していたことを想い出した。そんな私を祖母はどう思っているだろう？　「しまった」と私は思う、「きっとみじめな想いをしているだろう、昔の女中部屋かと思うほどの小さな貸し部屋に入れられ、雇われたつき添いの世話係がいる以外はひとりぼっちで、動くこともままならない。あいかわらず少しばかり麻痺があって、一度も起きあがろうとしなかったのだ！　祖母は死んだあと、ぼくからすっかり忘れ去られたと思っているにちがいない。どんなにひとりぼっちで、見捨てられた気分でいることだろう！　そうだ！　早く駆けつけて会ってやらなくては！　もう一刻も待てない、父の到着など待っていられない、いったいどこにいるんだ？　どうしてアドレスを忘れたのだろう？　ぼくのことを憶えていてくれるといいのだが！

どうして何ヵ月も忘れてしまったのだろう?」あたりは真っ暗で、これでは見つけられるはずがない、風が強くて前にも進めない。だが目の前を歩いているのは父ではないか。私は大声を出す、「お祖母《ばあ》さんはどこ? アドレスを教えて! 元気なの? なに不自由なくしておられるというのは確かなの?」「確かだとも」と父は言う、「安心していい。つき添いはきちんとした人だし、必要なものを買ってもらえるように、ときどきほんの少しだけどお金も送っているしね。お祖母さんは、ときにお前がどうしているかとお訊きになる。お前が本を出すことも伝えておいた。嬉しそうだったよ、涙をぬぐっておられた。」そのとき私は、祖母が死んでしばらくして、まるで暇を出された老女中みたいに、見ず知らずの女みたいに、へりくだった口調で涙ながらに私にこう言ったような気がした。「それでもたまには会いに来てくれると約束しておくれ、何年も私を放っておかないでね、よく考えるのよ、あなたは私の孫だからね、お祖母さんというのは孫のことを忘れられないものなのよ。」祖母のこれほど従順で優しく辛そうな顔をふたたび目に浮かべた私は、すぐにでも駆けつけ、そのとき答えるべきだったことを言ってやりたかった。「だってお祖母さん、ぼくにはいつだって好きなだけ会えますよ、ぼくにはこの世でお祖母さんしかいませんから、けっして離れません。」祖母が寝ているそばに行ってやれなかった何ヵ月か、ぼくから音沙汰がなくて祖母はどれほど泣いたことだろう! どう思っただろう? それで私はまたしても泣きながら父にこう言った、「早く、早く、アドレスを、ぼくを連れてって!」ところが父は言う、「それがね……会えるかどうかわからないんだ。それに、ほら、ずいぶん弱っている、ひどく弱っているんだよ、もう以前のお祖母さんじゃない、会ってもお前のほうが辛くなるだろう。おまけに通りの正確な番地を想い出せなくてね。」「でも、どうなの、お父さんならわかるでしょ、死んだ人はもう生きていないというのは本当じゃないって。人がなんと言おうと、やっぱり本当じゃないんでしょ、だってお祖母さんは、まだ生きているんだから。」父は悲しげに微笑んだ。「いや！　それだってかろうじてだ、そう、かろうじてなんだよ。お前は行かないほうがいいと思う。なに不自由なくしておられて、手伝いの人が来てなんでもきちんとしてくれているんだから。」「でも、ひとりになるときがよくあるんでしょ？」「そうだね、でもそのほうがお祖母さんにはいいんだ。あれこれ考えなくてすむからね、考えると苦しくなるばかりだから。考えるってのは、たいてい苦痛の原因になるんだ。もっとも、ほら、お祖母さんはひどく憔悴している。そりゃお前が行くときには正確なことを教えてやるさ、さしあたり行ってもなにもすることはないだろうし、つき添いの人がお前をお祖母さんに会わせてくれるかどうかもわからないし。」「でもお父さんだってわかるでしょ、ぼくがずっとお祖母さんのそばで暮らしてゆくことぐらい、シカ、シカ、フランシス・ジャム〔フランスの詩人。一八六八—一九三八〕、フォーク。」しかしすでに私は、蛇行する真っ暗な大河をさかのぼり、生者の世界が開ける水面にまで浮上していた。それゆえ、いっとき前には私にまだごく自然に明快な意味と論理をあらわしていた「フランシス・

ジャム、シカ、シカ」という一連のことばも、私がもう一度それをくり返しても、もはや私になにも提示せず、私もそれがなんであったのか想い出せなかった。父がさきほど私に言ったアイアス〔トロイア戦争の武将の名〕という語が、なにゆえただちになんの疑問の余地もなく「寒いから気をつけて」という意味になったのか、それさえもはや理解できなかった。私は鎧戸を閉め忘れていて、燦々《さんさん》とふりそそぐ光で目が醒めたのだろう。

ソドムとゴモラ ⑧三五九―三六四

確信・想いこみ

確信がすべてを決める

確信が死のうえに非現実の光をふりまくと、われわれには死さえどうでもいいものに見え、それゆえ音楽の夕べに出かけるのが重要なことになるが、かりにギロチンにかけられると告げられ、その夜会をつつんでいた確信がいきなり消えてしまうと、その会の魅力も消失してしまうだろう。私のなかにはこの確信の役割を心得る意志が存在はしたが、それでも知性と感受性がその役割を知らずにいるなら、意志がそれを知っていても無駄である。われわれが愛人に執着していることを意志だけは知っているのに、われわれは愛人と別れたがっていると知性と感受性が本気で信じている場合があるからだ。そんな事態が生じるのは、愛人にすぐ会えるという確信によって知性と感受性が曇らされているからである。ところがこの確信が雲散霧消して、知性と感受性が突然この愛人は出て行って永久に戻ってこないと知るや否や、知性と感受性は焦点が定まらず狂乱にとり憑かれ、ごくささいな喜びを無限に大きく受け取ってしまう。確信の変動は、愛の虚妄でもある。愛は、前もって存在して移動しているが、ある女性がまるで手の届かない存在だと見てとると、それだけでその女のイメージの前に足を停める。そうなるとあれこれ考えめぐらすのは、うまく想い描けないその女性自身のことより、むしろその女性を知るための方策である。つぎつぎと激しい不安が湧きおこり、それだけでほとんどなにも知らないその女性が愛の対象となる。愛は途方もなく大きくなり、その愛に現実の女性がほとんど関与していないことなど一顧だにされない。

花咲く乙女 ④四六三―四六五

人は想いこみのなかを生きている（アルベルチーヌとの同居中）

私の前方とアルベルチーヌの前方には、その朝（その日の太陽の日射しにも増して）目には見えない心的環境が存在していて、その変わりやすい透明な環境を通じて、私はアルベルチーヌの行動を、アルベルチーヌは自分自身の命の大切さを眺めていたわけで、その心的環境とは、われわれには知覚されないが、われわれをとり巻く空気と同じで完全な真空とは同一視できないもの、つまり想いこみにほかならない。われわれの周囲に、ときには快適な、往々にして呼吸もできかねる、変幻きわまりない大気をつくりあげるこの想いこみこそ、気温や気圧や季節にも劣らず、入念に検出して書きとめるべきであろう。というのもわれわれの日々は、それぞれ物理的であると同時に精神的な独自性を備えているからである。

囚われの女 ⑩三三三

解釈に介在する信念（アルベルチーヌの突然の出奔を知って）

われわれの心や精神にとって最も大切なことを教えてくれるのは、理屈ではなくべつの力であることを、ほかでもない人生はすこしずつ事例によって気づかせてくれるのだ。そうなると知性自身は、それらべつの力の優位を悟り、そうした力に理詰めで屈服し、その協力者、奉仕者になることを受け入れる。これが経験に基づく信念である。私がいま格闘している（アルベルチーヌのふたりのレスビアンとの交友のごとき）想いも寄らぬ不幸にしても、多くの徴候のうちにそれを読みとっていたために、私には既知のものと思われた。そんな徴候のなかに私は（アルベルチーヌ自身の発言に依拠するわが理性の反論にもかかわらず）、アルベルチーヌがこんなふうに奴隷として暮らすことにうんざりし嫌悪をいだいていることを読みとっていたし、そんな徴候は、アルベルチーヌの悲しげで従順な瞳の裏側や、いきなり不可解な赤味に染まる両頬の裏側とか突然開け放たれる窓の音とかに、目には見えぬインクで記されているように思われた。そうした徴候をとことん解読して、アルベルチーヌの突然の出奔を明確に想い描くことは、もちろん私にはできなかった。アルベルチーヌがそばにいることに安心した私が考えていたのは、ひとえに私自身が差配できる出奔にすぎず、さらにその日取りも定かではないがゆえにいまだ存在しない時間のなかに位置づけられた出奔とでもいうべきもので、それゆえ私は出奔のことを考えていると錯覚していたにすぎず、いわば元気にぴんぴんしている人たちが、死のことを想いつつ自分は死など恐れていないと信じこんでいるけれども、その死が近づけば損なわれてしまうとはいえ健康を享受しているかぎりにおいて、実際には死を否定する考えのみを受け入れているのと同然であった。

消え去ったアルベルチーヌ ⑫三二一—三二三

事実は信念を覆さない（ヴァントゥイユ嬢の同性愛をめぐって）

ヴァントゥイユ氏がかりに娘の品行〔同性愛〕を知ったとしても、それで娘を崇拝する気持が減少したとは思えない。事実は、われわれの信念が生きる世界に入りこめないうえ、信念を生み出すわけでも、信念を破壊するわけでもない。事実がいかに揺るぎない反証の数々を突きつけても、信念を弱めることはできない。ある家庭につぎつぎとたえまなく不幸や病気が雪崩のように押し寄せても、その家庭の人たちが信じる神の善意やかかりつけの医者の腕は疑われないのと同じである。

コンブレー ①三二三—三二四

現実なるものも想念による認識（忠実な女中のべつの一面を知って）

私が理解したのは、われわれに見えている外見と実態とが食い違うのは物理の世界だけではないこと、あらゆる現実は、われわれが直接に知覚していると信じこんでいるものの実はさまざまな目に見えない有力な想念の力を借りて組み立てているにすぎない現実とはまるで異なる可能性があること、そんな食い違いと同じく、われわれの目とは別種の構造の目をもつ存在によって認識されたり、同様の作業をするにも目とは異なって木々や太陽や空の視覚的ではない等価物をつくる器官を備えた存在によって認識されたりすれば、木々や太陽や空もわれわれが見ているようなものにはならないことである。

ゲルマント ⑤一四五―一四六

記憶

記憶というショーウィンドー

われわれの記憶は、ある人物の写真をショーウィンドーに展示するにあたり、あるときはこの写真、べつのときはこの写真ととり替える店のようなものである。ふつうは最新の写真だけがしばらく人目に触れているのだ。

花咲く乙女 ④五二九

記憶のなかにはあらゆるものが見出される（アルベルチーヌとの同居中）

そのとき私の脳裏に浮かんだアルベルチーヌの性格のふたつの特徴とは、ひとつは私を慰め、もうひとつは私を悲しませるものだった。というのも、われわれは自分の記憶のなかにあらゆるものを見出すからである。記憶というのは薬局や化学実験室のようなもので、行き当たりばったりに手を伸ばすと、あるときは鎮静剤に、あるときは危険な毒薬に手が触れる。

囚われの女 ⑪四六三

記憶はひとつの虚無

記憶というものは、人生のさまざまなできごとの複製をつねに眼前に掲げてくれるわけではなく、むしろひとつの虚無と言うべきで、われわれは現在との類似のおかげで、死滅した想い出をときに記憶からよみがえらせて取り出しているのだ。ところがこの記憶の潜在能力のなかには収まらず、われわれが永久に点検できない小さな事実がなおも無数に存在する。

囚われの女 ⑩三二八―三二九

記憶障害の効用（ある婦人の名前を想い出せないと報告する「私」と、「読者」との対話）

「読者としてもあなたの時間をあと一分だけつぶさせて、こう言わせていただきたい、そのときのあなたのような若さで（主人公はあなたではないのなら、あなたの主人公のような若さで）これほどもの覚えが悪く、よくご存じのご婦人の名前すら想い出せないとは困ったことではないか。」いかにも、読者よ、これは困ったことだ。おまけにこの事態は、思考の明晰な地帯からすべての名前やことばが消え失せ、いちばん親しかった人たちの名前を自分につぶやくことすら永久に諦めざるをえない、そんな時の到来を予告しているように感じられて、あなたが思っておられる以上に悲しい事態なのである。よく知っている人たちの名前を想い出すのに若い時分からこんなにも苦労しなければならないとすれば、いかにも困ったことだ。しかしこのような記憶障害が、あまり親しくない人たちの名前、忘れても至極当然で、わざわざ苦労して想い出す気にもならない名前の場合にのみ生じるのであれば、そんな記憶障害にも御利益《ごりやく》がないわけではない。「へえ、どんな御利益で？」さてさて、読者よ、それは病気のみが、それなくしては知ることのできぬ仕組みに気づかせ、それを学ばせ、分析させてくれるからである。毎晩ぐったりベッドに倒れこみ、目覚めて起きるまで死んだように眠る人は、睡眠について、大発見とはいわないまでも少なくとも小さな指摘をしようと一度でも考えるだろうか？　自分が眠っていることさえほとんど自覚していないのではないか。睡眠のありがたみを悟り、睡眠という闇をいくらかでも解明するには、多少の不眠は無駄ではない。欠陥のない記憶は、さまざまな記憶現象の研究をうながす非常に強力な刺激剤とはなりえないのだ。

ソドムとゴモラ ⑧ 一二六—一二七

記憶と忘却はまだら

〔ノルポワ〕大使が帰ってしまって私が聞かされたのは、氏が昔の一夜のことをほのめかし、「あの子が自分の両手に接吻しそうになった瞬間を見た」と語ったことである。私は耳まで真っ赤になったが、それだけではなくノルポワ氏が私のことを話題にしたやりかたや氏の記憶の中味までが私の想いこみ〔氏に接吻しかけたことは誰にも気づかれなかったという想いこみ〕とあまりにもかけ離れているのを知って、仰天した。この「陰口」は、人間の精神を織りなす放心と注意の、記憶と忘却の予想外の釣り合いについて私の蒙をひらいてくれた。

スワン夫人 ③ 一一二

忘却

人はすぐ忘れる

そもそも人間は、深く考えなかったこと、他人の真似をしたり周囲の熱狂に煽られたりして口にしたことなど、たちどころに忘れてしまう。周囲の熱狂は移りかわり、それとともにわれわれの記憶も変化する。外交官にもまして政治家たちは、ある時点でみずから立脚していた見解など憶えていないもので、政治家たちの変節のいくつかは、ありあまる野心のせいというよりも、むしろ記憶の欠如のせいである。社交人士たちはといえば、ごくわずかのことしか憶えていないのだ。

囚われの女 ⑩八五―八六

記憶の最良の部分は忘却のなかにある

恋愛の想い出にしても、記憶の一般法則を免れることはなく、また習慣というさらに一般的な法則に支配されている。習慣はすべてを弱める以上、ある人をいちばんよく想い出させるのは、ほかでもない忘れていたことがらなのである(それが無意味なものであるから忘れたのであり、忘れたことにより、かえって喚起力はそっくり保存される)。それゆえわれわれの記憶の最良の部分は、われわれの外部にある雨もよいの風とか、部屋にこもる臭気とか、薪に火がついたときの臭《にお》いとか、要するにわれわれ自身のなかで知性が使い道を知らずに見向きもしなかった部分を見出せるところなら、どこにでも存在する。それは過去のなかで最後に残った最良のもの、涙がすっかり涸れ果てたと思ったときになお涙を流させるものである。それは本当にわれわれの外部にあるのか？　われわれの内部にある、と言ったほうがいいのかもしれない。しかしそれは、われわれ自身のまなざしを逃れ、当分のあいだつづく忘却のなかに沈んでいる。この忘却のおかげで、ときにわれわれはかつて自分がそうであった存在を再発見し、この存在がかつて直面していたものに面と向き合い改めて苦しむことができるのだ。なぜならわれわれはもはや現在のわれわれ自身ではなく、当時の存在となっているからで、その当時の存在が現在のわれわれにはどうでもいいものを愛していたからである。

花咲く乙女 ④二六—二七

忘れるにつれて人びとは変化する（年老いた社交人士たちを目の当たりにしての省察）

こうしたすべての人たちがこうむった肉体上や社交上の変化にもまして、さらに私を驚かせたのは、この人たちがたがいに相手にいだく想いが変化したことである。かつてルグランダンはブロックを軽蔑して、けっして声をかけなかった。ところがいまやルグランダンはブロックにきわめて愛想よく振る舞うようになった。これはブロックが以前よりずっと高い地位を占めたことに起因するわけではまったくない。〔……〕それは人びとが——われわれにとってそう見える人びとという意味である——われわれの記憶のなかで一枚の画のような均一性を保持していないからである。われわれが忘れるにつれて、人びとは変化する。

見出された時 ⑭一四一

よみがえる過去

紅茶に浸したマドレーヌ

古い過去からなにひとつ残らず、人々が死に絶え、さまざまなものが破壊されたあとにも、ただひとり、はるかに脆弱なのに生命力にあふれ、はるかに非物質的なのに永続性があり忠実なものとは、匂いと風味である。それだけは、ほかのものがすべて廃墟と化したなかでも、魂と同じで、なおも長いあいだ想い出し、待ちうけ、期待し、たわむことなく、匂いと風味というほとんど感知できない滴《しずく》にも等しいもののうえに、想い出という巨大な建造物を支えてくれるのである。それが叔母が私に出してくれたシナノキの花のハーブティーに浸けたマドレーヌのかけらの味だとわかったとたん(この想い出がなぜ私をあれほど幸福な気分にしたかは、まだわからなかったし、その理由を発見するのはずいぶん後に先送りするほかなかったけれど)、たちまち叔母の寝室のある、通りに面した灰色の古い家が芝居の舞台装置のようにあらわれ、その裏手の庭に面して両親のために建てられた小さな別棟がつながった(それまで私が想いうかべていたのはこの一角だけで、ほかは欠けていたのだ)。そして家とともに、朝から晩にいたるすべての天候をともなう町があらわれ、昼食前にお使いにやらされた「広場」はもとより、私が買い物に出かけた通りという通り、天気がいいときにたどったさまざまな小道があらわれた。そして日本人の遊びで、それまで何なのか判然としなかった紙片が、陶器の鉢に充たした水に浸したとたん、伸び広がり、輪郭がはっきりし、色づき、ほかと区別され、確かにまぎれもない花や、家や、人物になるのと同じで、いまや私たちの庭やスワン氏の庭園のありとあらゆる花が、ヴィヴォンヌ川にうかぶ睡蓮が、村の善良な人たちとそのささやかな住まいが、教会が、コンブレー全体とその近郊が、すべて堅固な形をそなえ、町も庭も、私のティーカップからあらわれ出たのである。

コンブレー ①一一六—一一七

よみがえった亡き祖母（「心の間歇」の章より）

私という人間全体がくつがえる事態というべきだろう。〔二度目にバルベックへ到着した〕最初の夜、疲労のせいで心臓の動悸が激しくて苦しくなった私は、その苦痛をなんとか抑えながら、ゆっくり用心ぶかく身をかがめて靴をぬごうとした。ところがハーフブーツの最初のボタンに手を触れたとたん、私の胸はなにか得体の知れない神々しいものに満たされてふくらみ、身体は嗚咽《おえつ》に揺さぶられ、目からは涙がとめどなく流れた。私を助けに来て、魂の枯渇から私を救おうとしている存在、それは数年前、同じような悲嘆と孤独にうちひしがれ、私がすっかり自分を見失っていたときにやって来て、本来の私をとり戻してくれた存在だった。というのもそれは、私であると同時に、私以上の存在だったからである(中味以上であり、中味とともに私に運ばれてきた容器だった)。今しがた私は、記憶のなかに、私の疲労をのぞきこんだ、愛情にあふれ、心配げな、がっかりした祖母の顔、あの〔はじめてバルベックへ〕到着した最初の夜のままの祖母の顔を見たばかりだ。私がその死をちっとも嘆き悲しまないのを自分でも不思議に思い、それゆえ気が咎めていた、祖母と呼ばれていたにすぎない人の顔ではなく、シャンゼリゼで発作をおこして以来はじめて、意志を介さず完全によみがえった回想のなかで、生きたその実在が見出された正真正銘の祖母の顔である。この実在は、われわれの思考によって再創造されてはじめて、われわれにとって存在するものとなる(そうでなければ尋常でない戦闘に加わった人間はだれしも偉大な叙事詩人になってしまう)。そんなわけで私は、祖母の両腕のなかに飛びこみたいという狂おしい欲求に駆られつつ、たった今――事実のカレンダーと感情のカレンダーとの一致をしばしば妨げるアナクロニズムのせいで埋葬から一年以上も経って――ようやく祖母が死んだことを知ったのである。

ソドムとゴモラ ⑧三五一―三五二

無意志的記憶現象になぜ幸福感が伴うのか

私はこうしたことをすべて大急ぎでざっと考えた。あのえもいわれぬ幸福感とそれがあらわれるときの圧倒的な確信との原因を探し求めるという、昔は先延ばしにしていた探求を、いまやなんとしてもやりとげたい気持だったからである。それで私はいくつかの至福の印象をたがいに比較して、その原因を見抜くことができた。これらの印象は、私が皿にぶつかったスプーンの音や、不揃いなタイルや、マドレーヌの味覚などを感じたのは現在の瞬間においてであると同時に遠い過去の瞬間においてでもあるという共通点を持っていて、その結果、過去は現在にまではみ出し、私はもはや過去にいるのか現在にいるのか判然としなくなった。じつをいえば、そのとき私の内部でその印象を味わっていた存在は、その印象に伴う昔の日と現在とに共通する領域、つまり時間を超えた領域でその印象を味わっていたのであり、そんな存在がすがたをあらわすのは、過去と現在とに共通する同一性のおかげで、その存在がさまざまなもののエッセンスによって生きることができ、そのエッセンスを享受できる環境、つまり時間を超越した環境にいるときだけなのである。そう考えると、私がプチット・マドレーヌの味を意識せずしてそれと認めたとき、私自身の死にかんする不安が跡形もなく消失したのは、そのときの私が時間を超えた存在、それゆえ将来の有為転変などを気にしない存在になっていたからだとわかる。

見出された時 ⑬四四〇―四四一

かつて聞いたことのある音や吸いこんだことのある匂いをあらためて聞いたり吸いこんだりすると、その音や匂いは、現在のものであると同時に過去のものであり、現在のものではないのに現実的であり、抽象的ではないのに理念的であるからだろう、さまざまなものに内在するふだんは隠されている恒久的なエッセンスが解き放たれ、それとともに、ときにはずいぶん前から死んでいたと思われていたが完全に死に絶えていたわけではないわれわれの真の自我が目を醒まし、もたらされた天上の糧を受けとって活気づく。時間の秩序から抜けだした一瞬の時が、これまた時間の秩序から抜けだした人間をわれわれのうちに再創造し、そのエッセンスを感知させてくれるのだ。そうであれば、この人間が自分の感じた歓びを信じるのも理解できる。論理的に考えてマドレーヌの単なる味覚のなかにこの歓びの原因が含まれているとは思われなくても、この人間にとって「死」という語はもはや意味を持たないことが理解できる。時間の埒外にある人間であれば、未来のなにを怖れることがあろう？

見出された時 ⑬四四三―四四四

「真の楽園は、失われた楽園」（前項に先立つ考察）

想い出は、忘却のおかげで、想い出と現在の一刻とのあいだにいかなる絆を結ぶこともいかなる関連を設けることもできず、ひとえに元の場所と元の日付にとどまり、ほかのものとは距離を置き、ある谷間の窪みやある頂《いただき》の先端などに孤立していたからこそ、突然、われわれに新たな空気を吸わせてくれるのだ。それはわれわれがかつて吸った空気だからであり、この一段と純粋な空気を楽園にゆき渡らせようと詩人たちが努力を重ねたにもかかわらず成功しなかったのも当然で、この空気はすでに吸われたことがあるときにかぎって、このようなすべてを一新する深い感覚を与えてくれるのだ。それというのも真の楽園は、失われた楽園だからである。

見出された時 ⑬四三八―四三九

無数の自我

古い自我の死

現在の最高の歓びは愛する人たちとの会談なのに、それが将来奪われるのではないかとの怖れが消え去るどころか増大するのは、そんな会話の機会を奪われる痛みに加えて、今やさらに残酷なことに、それを苦痛とも感じず無関心になってしまう日が来るのではないかと考えるときである。そうなるとわれわれの自我までが変わり果て、まわりに存在しなくなるのはわれわれの両親や恋人や友人たちの魅力だけではなくなる。現在われわれの心の主要部分を占める人たちへの愛情さえ心からすっぽり引き抜かれ、そうなると現在は考えるだに恐ろしいその人たちとの別離後の生活をむしろ気に入っているかもしれない。これはもうわれわれ自身の正真正銘の死であり、たしかにそのあとに復活を伴うとはいえ、それはべつの自我となっての復活であり、死を宣告された古い自我のさまざまな部分はこの新しい自我を愛するには至らない。

花咲く乙女 ④八六―八七

人は古い自我の死を悲しまない（恋人の死と忘却を経たのち、生きていたという誤報に接して）

アルベルチーヌは私の思考のなかでもはや生きていなかったから、本人が生きているという知らせ〔間違った知らせ〕は思ったほどの歓びをもたらさなかった。私にとってアルベルチーヌは一連の想念にほかならず、この想念が私のなかで生きているかぎりアルベルチーヌは物質的な死の後も生き延びていたが、反対にこの想念が死滅したからには、私にとってアルベルチーヌがその肉体とともによみがえることはなかったのである。そしてアルベルチーヌが生きていることに自分が歓びを覚えないこと、アルベルチーヌをもう愛していないことに気づいた私は、何ヵ月もの旅や病気のあとでふと鏡をのぞいた人がまるで中年か老齢の男のように髪が真っ白になり顔も変わり果てている自分に気づいたときより、もっと仰天して然るべきであったろう。動転して当然なのは、私がかつてそうであった人間、つまりブロンドの髪の青年はもはや存在せず、自分がべつの人間になっていることを意味するからにほかならない。こんな事態は、以前の顔にとって替わった白いかつらをかぶって皺だらけの顔を見るのと同じほど深刻な変化であり、以前の自我が完全に死滅して新たな自我とすっかり置き換えられたことを示しているのではないか？　ところが人は、歳月が経って時代が順ぐりに変わるにつれてべつの人間になっても悲しまないし、また同じ時期にも、毎日のようにつぎつぎ意地悪になったり感じやすくなったり、繊細になったり粗野になったり、無私無欲になったり野心家になったり、相矛盾した人間になっても悲しまない。人がそれを悲しまない理由は、両方の場合とも同じである。それはすがたを消した自我が――この自我の消滅は、後者の場合のように性格が問題になるときは一時的で、前者の場合のように恋の情熱が問題になるときは永久であるが――新たな自我を嘆こうにもその場にはおらず、その時点では、あるいはその後も、新たな自我がその人のすべてであるからだ。粗野な人間が自分の粗野を笑ってすませるのは自分が粗野だからであり、忘れっぽい人が自分の記憶の欠如を悲しまないのは忘れているからである。

消え去ったアルベルチーヌ ⑫四九八―五〇〇

古い自我の愛情は「孫引きの愛情」（亡きアルベルチーヌを忘れかけたころ）

以前の自我とはべつの名で呼ぶべきこのような新しい自我が到来するかもしれないことに気づくと、その自我が私の愛していた人に無関心であることに、私はいつも震えあがった。かつてジルベルトのことでその父親から、オセアニアへ行って暮らせばもう帰りたくなるでしょう、と言われたときもそうだったし、最近、凡庸なある作家の回想録で、青年のころ大好きだった女性と生き別れになり、年老いて再会したにもかかわらずなんの喜びも感じず、また会いたいという気にもならなかったという話を読み、胸を締めつけられる想いをしたときもそうだった。ところがこのひどく怖れていた自我は、じつに恵みぶかい自我でもあり、私に忘却をもたらしてくれたばかりか、苦痛をほとんど完全にとりのぞき、充足感を味わう可能性さえ与えてくれた。この自我は、運命がわれわれのために取り置いてくれていた交換用自我のひとつにほかならず、見立てがよいだけに高飛車な医者と同じく、運命はわれわれの願いなどには耳を貸さず、時機到来とみれば否応なく手術に踏みきり、実際ひどく損傷していた自我をその交換用自我にとり替える。運命は擦りきれた布地を繕うようにときどきこの交換をおこなってくれるが、とはいえそのことにわれわれが気づくのは前の自我があまりにも大きな苦痛や心を痛める異物を宿していたときだけで、ふつうわれわれはいつのまにか苦痛や異物が見当たらないのを意外に思い、自分がべつの人間になったことに目を瞠《みは》る。このべつの人間にとって、以前の自分の苦痛はもはや他人の苦痛にすぎず、もうそれを感じていないがゆえにその苦痛について憐憫をこめて語ることができるのだ。あれほど辛い苦痛を経験したことさえ、われわれにはどうでもよくなる。そんな苦痛を味わったことをぼんやりとしか想い出さないからである。これと同様、われわれは夜、悪夢に身の毛もよだつ想いをすることがあるが、目が覚めてみるとべつの人間になっていて、以前の自分が睡眠中に殺人鬼たちから追われて逃げなければならなかったことなど、ほとんど気にもとめない。もちろんこの自我は、古い自我となおも多少の接触を保っていた。あたかも友人が、妻を亡くした男の喪の悲しみには冷淡でも、その場にふさわしい沈痛な面持ちでまわりの人たちに悲しみを語り、自分に弔問客の応対を頼んだ寡夫がなおもすすり泣きの声をあげている部屋へときどき戻ってみる、といった状況に似ている。私もアルベルチーヌの恋人であった昔の自分にいっとき戻ると、なおもすすり泣きの声をあげていた。とはいえ私は新しい人物へすっかり移行しかけていた。他者にたいするわれわれの愛情が衰えるのは、その他者が死んだからではなく、われわれ自身が死ぬからである。アルベルチーヌにはその恋人を咎める理由はなにもなかった。恋人の名を詐称する者は、恋人の後継者でしかなかったからである。人は想い出すことにしか忠実になることができず、知ったことしか想い出さないものだ。私の新しい自我は、古い自我のかげで成長するあいだ、古い自我がアルベルチーヌについて語るのを何度も耳にしていた。新しい自我は、この古い自我を通じて、つまり古い自我がアルベルチーヌについて集めていた話を通じて、アルベルチーヌを知っている気になり、好感をいだき、好きになった。しかしこれは孫引きの愛情にすぎない。

消え去ったアルベルチーヌ ⑫三九一—三九四

時間

時間は「香りや音や計画や気候などで満たされた壺」

一時間はただの一時間ではなく、さまざまな香りや音や計画や気候などで満たされた壺である。

われわれが現実と呼んでいるものは、われわれを同時にとり巻いているこうした感覚と回想とのある種の関係のことであり——この関係は単なる映画的ヴィジョンでは抹消されてしまうから、映画的ヴィジョンは真実だけを捉えようとしてなおのこと真実から遠ざかる——、この関係こそ、作家が感覚と回想というふたつの異なる項目を自分の文章のなかで永遠につなぎ合わせるために見出すべき唯一のものなのだ。

見出された時 ⑬ 四七七

時間は縮んだり延びたりする（亡きアルベルチーヌを忘れかけたころ）

私は自分が昔と同じように若いのだと錯覚していたが、それでもアルベルチーヌの生前最後の数ヵ月のあいだに私の人生につぎからつぎへと生起したあらゆるできごとの想い出のせいで——また人は自分が大きく変わったときに実際よりも長い時間を生きたと考えがちだから、そうしたあらゆるできごとの想い出のせいで——、その数ヵ月は一年よりもはるかに長いものに感じられた。にもかかわらず私はそんな多くのことがらをいまや忘れてしまい、そうして生じた空虚な空間がそんな最近のできごとを自分から遠ざけたせいで、私はそれらを遠い昔のことのように思ったが、それも私がそんなできごとを忘れるだけの「時間」と言われるものを持ったからだろう。そのような忘却の時間が私の記憶のなかに不規則かつ断片的に差し挟まれたために——海上をおおう濃霧が万物の目印を消してしまうように——、私の時間の距離感は混乱してばらばらになり、距離はこちらで縮まったかと思うとあちらでは延びる始末で、あらゆるものと私との距離が、あるときは実際よりもずっと遠くに、あるときはずっと近くに感じられた。そして私の前に広がる未踏の新たな空間には、私が踏破したばかりの過去の時間のなかに祖母への愛情の痕跡が存在しなかったように、もはやアルベルチーヌへの愛情の痕跡は存在しないだろうから、つぎつぎとさまざまな時期が継起しても、しばらくすると前の時期を支えていたものがつぎの時期のなかにもはやなにひとつ残らない私の人生は、同一で永続的な個人の自我という支えを欠いた人生、過去にただ長く延びているだけで未来にも無用なだけの人生、死がなんの決着もつけずどこで終わりにしてもいいような人生に見えた。

消え去ったアルベルチーヌ ⑫三八九―三九〇

人間は時間内存在（文学への道を父に認めてもらったときの感慨）

地球が回っていることは理論としてだれしも知っているが、実際にはそうと気づくことはなく、自分の歩く大地は動かないように見えることでだれもが安心して暮らしている。人生における「時間」も同様である。そこで小説家は、時間の流れを感じられるように、時計の針の動きを途方もなく速めて読者に十年、二十年、三十年という歳月をわずか二分で通過させる。あるページの最初で希望に満ちた恋する男と別れたかと思うと、つぎのページの終わりでは男はすでに八十代となり、毎日養老院の中庭を散歩するのが関の山で、ことばを掛けてもろくに返事もなく過去を忘れている。「あれはもう子供じゃない、好みはもはや変わらないだろう」と言った父のことばで、突然、私は自分が「時間」のなかにいることに気づき、悲しみを感じた。私は、耄碌《もうろく》して養老院に入居したわけではないが、本の最後で作者からとりわけ冷酷さの際立つ無関心な口調で「男はますます田舎を離れなくなり、とうとうそこに住み着いてしまった」などと書かれる人物になったような悲哀を感じたのである。

スワン夫人 ③一三〇

「時間のなかの心理学」（アルベルチーヌの忘却をめぐって）

立体幾何学があるように、時間のなかの心理学があり、そこにおいては平面心理学による計算はもはや正確とはいえない。なぜならそれは「時間」と、その時間がまとうさまざまな形態のひとつである忘却とを、なんら考慮に入れないからだ。私がその威力を感じはじめていた忘却は、われわれの内部に生き残って現実とたえず矛盾する過去をすこしずつ破壊してくれるから、現実に適応するためのじつに強力な道具なのである。

消え去ったアルベルチーヌ ⑫三〇九

「変わりはてた人びとと変わらぬ思い出」（最終篇のパーティーで人びとの変貌を目撃して）

歳月の作用は〔……〕生き残っているすべての娘たちを、私の想い出のなかに残っている娘たちとは確実にあまりにも異なる婦人にしてしまっていた。〔……〕時は、人びとを変えてしまうが、その人びとについてこちらがいだくイメージまで変えることはない〔……〕変わりはてた人びとと変わらぬ想い出との対比ほどに辛いものはない。

見出された時 ⑭一七一—一七二

「元旦はほかの日と異なる日ではない」（ジルベルトに想いを寄せる日々）

夜の帳《とばり》が下りるころ芝居の広告塔の前で足を止めると、〔女優の〕ラ・ベルマが一月一日に演じる出し物のポスターが貼られていた。湿っぽい穏やかな風が吹いている。これは私の知っている天気だ、と思うと、ハッと予感がした。元旦はほかの日と異なる日ではない、新たな世界の始まる日ではない、と感じたのである。私としては、この新たな世界で、いまだ白紙の可能性を秘めたジルベルトとの交際をやり直せるのではないかと考えていた。あたかも「天地創造」のときのように、いまだ過去が存在せず、ジルベルトからときに味わわせられた失望もそこから未来のために引き出せる手がかりもろとも完全に消滅する新たな世界では、ただひとつジルベルトに愛してもらいたいという私の欲求をのぞいては、古い世界からひきつづいて存続しているものはなにひとつない、と考えていたのだ。ところが私の心が、充たされなかった周囲の世界の一新を願ったのは、ほかでもない私の心に変化がなかったからだと私は悟った。そうだとするとジルベルトの心がそれ以上に変わる理由はない。私が感じたのは、この新たな友情というのも結局は同じ友情であり、新しい年と前の年とはべつに溝で隔てられているわけではなく、われわれの欲求が新たな年を手に入れたり新たな年を異なるものにしたりできないために、勝手に新しい年というべつの名前をつけているにすぎないということである。私は、この新たな年をジルベルトに捧げるべく、人が自然の無分別な掟に宗教という名称を与えるように、私が元旦に関してつくりあげた特殊な考えをそれに押しつけようとしたが、無駄だった。元旦のほうは、おのれが元旦と呼ばれているなどつゆ知らず、なんら変わることなく宵闇のなかに暮れてゆくのが感じられた。ポスターを掲示した広告塔のあたりに吹いていた穏やかな風のなかにその再来を認め、感じたのは、慣れ親しんだ湿気を含んでなにも知らずに流れてゆく、昔の日々の永遠に同じマチエールであった。私は家に帰った。私がすごしたのは老人の一月一日だった。その日に老人が若者と区別されるのは、もはやお年玉をもらえないからではなく、老人がもはや元旦など信じていないからである。私もお年玉ならもらったが、それは私を喜ばせてくれたはずのただひとつのお年玉というべきジルベルトの手紙ではなかった。それでも私がまだ若かったのはジルベルトに手紙を書けたからで、その手紙で私の愛情の孤独な夢を語ることによって相手の心にも同じ夢がかきたてられるものと期待したのである。年老いた人の悲哀は、効果がないのを知ってそのような手紙を書こうとも思わないところにある。

スワン夫人 ③一四〇―一四二

空間

距離

距離というものは、空間がつくる時間との関係にほかならず、その関係によって変化する。ある場所へ行くのがどれほど困難であるかを、われわれは何里も何キロも要すると表現しているが、そうした表現はその困難が減少したとたんに絵空ごとになる。それによって芸術も変更を余儀なくされる。というのも、ある村とはまるで別世界に存在すると思われたべつの村も、距離が一変した風景のなかでは隣村になるからだ。

ソドムとゴモラ ⑨三三二―三三三

鉄道の車窓から見る光景（バルベックへのはじめての旅）

鉄道での長旅には日の出がつきものである。ゆで卵や、絵入り新聞や、トランプ遊びや、漕いでもいっこうに進まない小舟のうかぶ川の眺めが旅の道づれになるのと同様に。私が、すぎ去った数分間に頭を占有したさまざまな考えをひとつひとつ数えあげて、眠ったのかどうかを知ろうとしていたとき（そう問わずにいられない不確実さこそ眠っていた証拠だという、肯定の答えをもたらしつつあったとき）、ガラス窓のなかの小さな黒い森のうえに、大きくえぐれた雲がいくつも見え、柔らかいうぶ毛のような雲の端がバラ色に染まっていた。定着した色素のような輝きのないその色が変化しそうもない状態は、羽毛を染めるバラ色がすでに翼のなかにまで吸収されていたり、パステル画に画家の思いつきでバラ色が置かれたりした場合とそっくりに見える。ところが私はその反対に、この色彩は惰性でも気まぐれでもなく、必然であり生命であると感じた。やがてこの色彩の背後に、光がどんどん蓄えられ積み重ねられた。色彩は活気づき、空は鮮やかな赤となり、私はガラス窓に目をくっつけるようにして、その色をもっとよく見ようとした。その色が自然の奥深い実在と関係があるように感じられたのである。ところが線路の向きが変わり、汽車が大きく曲がると、窓枠のなかの朝の光景は夜の村に替わった。家々の屋根は月明かりに青くそまり、共同洗濯場は乳白色にかがやく真珠母色の夜のとばりに覆われ、その上の満天にはいまだ星がきらめいている。大切なバラ色の帯状の空が消えてしまったのを私が悲しんでいると、ふたたびそれが目に入った。今度は赤くなって向かいの窓にあらわれ、線路がふたたび曲がるとその窓からすがたを消した。そこで私は、一方の窓から他方の窓へとくり返し駆けより、移り気で美しい真っ赤な私の朝の間歇的で相反する断片を寄せあつめ継ぎあわせて全体の眺望を捉え、連続した一幅の画をつくりあげようとした。

花咲く乙女 ④五四―五五

VIII

文学と芸術

La littérature
et les arts

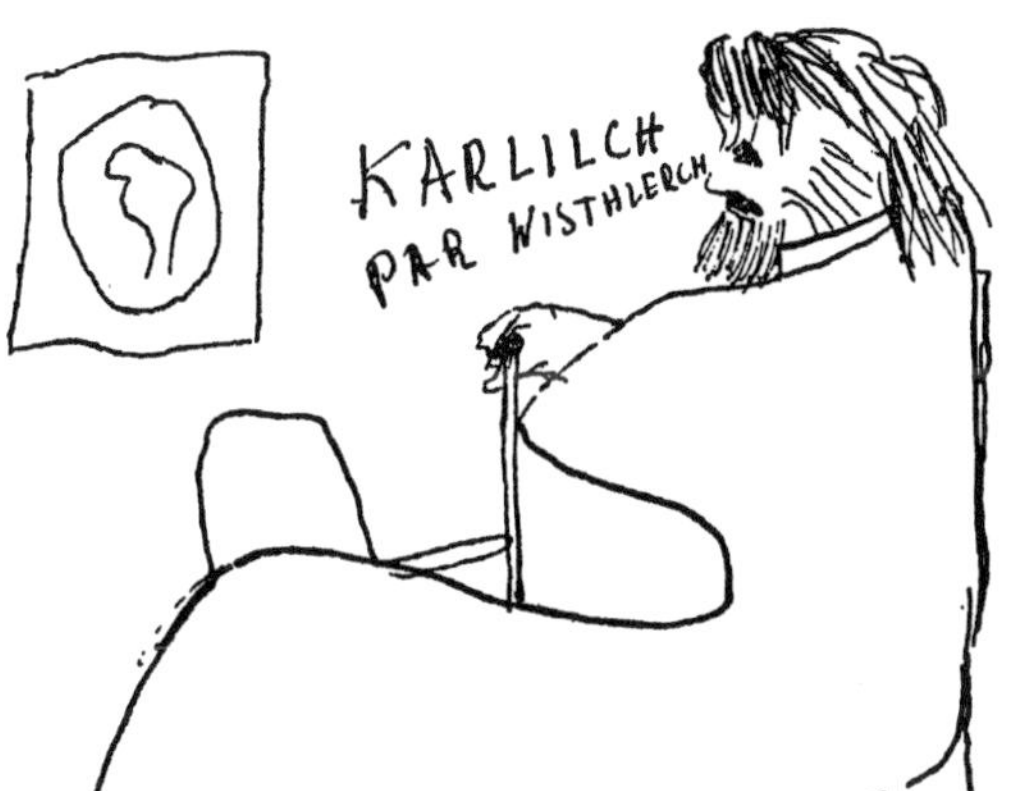

第Ⅷ章には、文学と芸術をめぐる考察を収める。『失われた時を求めて』は、恋愛と社交に人生の大半を費やした主人公が、最後にその人生を素材とする長い物語を書く決意をし、その方法を想いめぐらすところで終わる。それゆえ小説の随所には、教養、文学と作家、芸術と芸術家、読者、批評にまつわるプルーストの省察がちりばめられている。その文学観は、反写実主義を特徴とし、内面に生じた印象と無意志的記憶を媒介として「真の人生を再創造する」ことを根幹とする。

第Ⅷ章扉絵「ホイッスラーの描いたカーライル」

上部に主題がKARLILCH PAR WISTHLERCH（正規の綴りはCarlyle par Whistler）とある。画家ホイッスラー（一八三四—一九〇三）が一八七二—七三年に描いたイギリスの思想家トーマス・カーライル（一七九五—一八八一）の肖像画（下図参照）に基づくいたずら書き。プルーストはカーライルの芸術論に影響を受け、『失われた時を求めて』のなかでホイッスラーの画業に言及した（本書一三九頁参照）。

教養

一般の教養と特殊な才能

教養がなくてばかげた地口を連発している人でも、いかなる一般教養にも代えがたい特殊な才能を、偉大な戦略家や偉大な臨床医のような才能をもちうる〔……〕。実際、同業者の目から見たコタール〔医師〕は、無名の臨床医がついにヨーロッパの名士になったというにとどまらない。若い医者のなかで最高の知性を備えた者たちが――変化を求める心が生む流行は当然ながら移ろいやすく、それゆえ少なくとも数年間は――、万が一、病気になったら、命を託せるのはコタールだけだと公言していた。たしかにそう公言した医者たちも、できることならもっと教養があって芸術を解しニーチェやワーグナーの話ができるボスとつき合いたいとは思っていた。夫がいつか学部長になる日を夢みてコタール夫人が同僚や学生を招待した夜会の席でせっかく音楽を演奏させても、夫は音楽に耳を傾けるより隣のサロンでトランプに興じるほうを好んだからである。しかしコタールの眼力、診断となると、その神業のような速さ、洞察力、間違いのなさは折り紙つきだった。

スワン夫人　③二七

私利私欲なき教養

報告書を執筆したり、数字を並べたり、商用の手紙に返事を書いたり、株式の相場を追ったりする人が、こちらをせせら笑いながら「なにもなさることがないとは羨ましいですな」と言うとき、快い優越感を覚えるのは至極当然である。ところがこちらの暇つぶしが『ハムレット』を書くことであったり、ただそれを読むことであったりすると、その優越感は明らかに侮蔑的なもの、いやそれ以上のものになる(というのも晩餐に出かけることは忙しい人でもやるからだ)。そんなふうに軽蔑するのは、忙しい人たちに思慮が足りないからにほかならない。というのも私利私欲なき教養というものは、人がそれを実践しているところを目にすれば閑人《ひまじん》の笑止千万な暇つぶしに見えるだろうが、忙しい人たちがよくよく考えるべきは、自分自身の仕事においても、その同じ教養こそが、もしかすると自分よりも優れているわけでもない司法官や行政官たちをずば抜けた人間たらしめていることであり、その人たちのすばやい昇進を目の当たりにして「大へんな教養人、じつに傑出した人物だそうですね」と言って脱帽せざるをえないことである。

ソドムとゴモラ　⑨四一四

無教養な一流人（女中フランソワーズについて）

フランソワーズに関しては、考えなどと言っても無駄なことだった。なにも知らなかった、そしてなにも知らないのはなにも理解しないのと完全に同義で、ごくまれに心でじかに感じる真実があるばかりだった。広大な思考の世界などフランソワーズには存在しなかったのである。とはいえフランソワーズの澄んだまなざしや微妙な線を描く鼻筋や唇などを前にして、多くの教養人に欠けているがもし備わっていたら一流の精神の最高の気品なり高貴な解脱《げだつ》なりを意味していたはずのさまざまな印を目の当たりにすると、人間のあらゆる概念とは無縁の犬の聡明で善良なまなざしを目の前にしたときのようにとまどい、こう自問することもできたであろう。しがない同胞であるこの別世界の農民のなかにも、頭は弱いが優れた人士に匹敵する人たちが存在するのではないか。というより、不当な運命のいたずらで頭の弱い人間として暮らすことを強いられ光明を奪われているが、それでいて大多数の教養ある人より、はるかに自然かつ本質的に一流人士の血筋をひく人たちが存在するのではないか。

花咲く乙女 ④四五

専門を信用しない専門家

〔ブリショというソルボンヌの〕教授には、人生にたいする好奇心、過度の盲信があった。それが研究対象にたいするある種の懐疑主義と結びつくと、たとえば医学を信用しない医者とか、ラテン語作文などは信用しない高等中学校《リセ》の教師とか、どんな職業にせよある種の知的な仕事にたずさわる人には、心が広く優秀だという評判や、卓越した人物だという評判さえもたらされる。〔……ブリショは〕主題を大胆不敵にあつかえば大学人の殻を破れると想いこんでいたのかもしれない。とはいえ、それが大胆に見えたのも、ひとえに教授が大学人の殻を捨てきることができなかったからである。

スワンの恋 ②一五五

文学と作家

文学とは（最終篇の文学論より）

真の人生、ついに発見され解明された人生、それゆえ本当に生きたといえる唯一の人生、それが文学である。この人生は、ある意味では、どの瞬間にも、芸術家のなかにもすべての人のなかにも同じように宿っている。ところが人びとにはこの人生が見えない。それを明らかにしようと努めないからである。かくして人びとの過去には、役にも立たない無数のネガがあふれている。知性の力ではそれを「現像」できなかったからである。

見出された時 ⑬四九〇

小説家の創意工夫

最初に小説をものした人の創意工夫は、われわれの感動装置において大事な要素となるのはイメージだけなのだからと、現実の人間をすっかり抹消してしまう単純化こそが決定的完成になると理解したところにある。現実の人間は、その人にどれほど心底から共感しても、その大部分はわれわれの感覚により知覚されるがゆえに、結局のところわれわれには永久に見透せず、われわれの感受性には取り扱えないお荷物となる。現実の人がある不幸に見舞われた場合、われわれはその人についていだく全概念の一部を動員して同情するのであり、おまけに当の本人が自分自身に同情するのも、本人が自分自身についていだく全概念の一部を動員するからにほかならない。小説家のじつにすばらしい発見は、このような心の入りこめない領域を、同量の非物質的な領域に、つまりわれわれの心が吸収できるものに置き換えることを想いついたところにある。

コンブレー ①一九六

印象から創造へ（最終篇の文学論より）

すでにコンブレーで私は、ひとつの雲や、三角形や、鐘塔や、花や、小石といったイメージから、それを見つめるよう促され、こうした表徴の背後には、私が発見しようと努めるべきなにかべつのものが隠れているのかもしれない、さまざまな物質的対象を示しているだけと考えられがちな判読できない象形文字のように、その表徴の表現するなんらかの想念が隠れているのかもしれないと感じながら、そのイメージを注意ぶかく凝視すべく精神の前にじっと固定していたのである。その解読はたしかに困難なものであったが、しかしその解読だけがなんらかの真実を読みとらせてくれるものだった。なぜなら、白日の世界において知性がじかに透かして把握する真実は、人生が印象としてわれわれに思いがけず伝えてくれる真実に比べれば、さほど深いものでも必然的なものでもないからだ。要するに、マルタンヴィルの鐘塔の眺めが与えてくれたような印象であろうと、不揃いなふたつの敷石やマドレーヌの味覚が与えてくれたような無意識の記憶であろうと、どちらの場合も、私が感じたものを考え抜くことによって、つまり私が感じたものを薄暗がりからとり出してその精神的等価物に転換するよう努めることによって、ひとつひとつの感覚をそれぞれの法則と思考を備えた表徴として解釈しなければならなかったのである。ところで、これを成し遂げる唯一の方法と思われるのは、芸術作品をつくること以外のなにであろう？

見出された時 ⑬四五四―四五五

芸術作品は「自然の法則を発見するように発見しなければならない」（同前）

私はすでに結論に到達していた。つまり、われわれは芸術作品を前にしていささかも自由ではなく、芸術作品は自分の好みどおりにつくるものではなく、われわれに先立って存在する必然的であると同時に隠されたものであるから、われわれはそれを自然の法則を発見するように発見しなければならない、という結論である。しかし芸術がわれわれに経験させてくれるこの発見は、結局のところ、われわれにとってきわめて貴重であるはずのもの、ふだんは永久に知られないもの、つまり、われわれの真の人生、われわれが感じたままの現実、しかもわれわれがそう信じているものとはまるで異なる現実、ほかでもないそれを発見させてくれるからこそ、偶然が正真正銘の想い出をもたらしてくれるとき、われわれはあれほどの幸福感に満たされるのではないか？

見出された時　⑬四六〇

作家の任務は、翻訳者の任務（同前）

本質的な書物、唯一の真正な書物はすでにわれわれひとりひとりのうちに存在しているのだから、それを大作家はふつうの意味でなんら発明する必要がなく、ただそれを翻訳すればいいのだということに、私は気づいた〔……〕。作家の義務と責務は、翻訳者のそれなのである。

見出された時　⑬四八〇

独自のものとは（同前）

われわれが自分自身の個人的努力によって解読し明らかにする必要のなかったもの、われわれの努力以前に明らかであったもの、それはわれわれのものではない。われわれの内部にあって他人の知らない暗闇からわれわれ自身がとり出すものだけが、われわれのものなのだ。

見出された時 ⑬四五九

文体（同前）

作家にとって文体とは、画家にとっての色彩と同じで、テクニックの問題ではなく、ヴィジョンの問題〔……〕である。文体とは、世界がわれわれにあらわれるそのあらわれかたの質的相違を明らかにするものであり、この相違は、意識的な直接の手立てでは明らかにできず、芸術が存在しなければ各人の永遠の秘密にとどまるだろう。

見出された時 ⑬四九〇—四九一

作家の独創的な言説（作家ベルゴットをめぐって）

要するに、ベルゴットの書くものに認められるつねにもの珍しく斬新な特質は、その会話では、ある問題を採りあげるときすでに知られた側面はすべて無視するというきわめて精緻な方法となり、そのせいでベルゴットは問題のささいな側面だけを採りあげているとか、まるで間違っているとか、理屈に合わないことを唱えているとかに見え、かくてベルゴットの考えはたいてい不明瞭に見えたのである。というのも各自が明瞭な考えと呼んでいるのは、自分の考えと同じ程度に不明瞭な考えのことだからである。そもそもすべて斬新なものは、われわれが慣れ親しんで現実そのものと信じている月並みな表現をあらかじめとり除くことを前提とし、あらゆる斬新な会話は、あらゆる独創的な絵画や音楽と同じで、つねにやたらと複雑で人を疲れさせる。そのような会話は、われわれには不慣れな文彩に立脚していて、語り手がメタファーだけを頼りに話しているように感じられ、聞く人を疲れさせ、真実味を欠く印象を与える。

スワン夫人 ③二七五―二七六

真の傑作

文学通の人にいくら新しい「傑作」について話しても、読む前からあくびが出るほど退屈そうな顔を見せられるのは、自分が読んだ傑作をすべて合成したものを想像するからである。ところが傑作というものは、特殊なもの、予想外のもので、既存のすべての傑作の総和でつくられるものではなく、この総和を完全に自家薬籠中のものにしてもなお決して見出すことのできないものなのだ。ほかでもない、傑作はこの総和の外に存在するからである。

花咲く乙女 ④五六―五七

小説家や詩人は「言ってはならぬことを語る人種」

上品な会話からは「あとはどうすべきか承知しています、あす私は「死体安置所《モルグ》」で見つかるでしょう」といった類のことばはとり除かれている。それゆえ上品な社交界では、小説家や詩人にはめったにお目にかかれない。これら至高の人間は、ほかでもない、言ってはならぬことを語る人種だからである。

ソドムとゴモラ ⑧五〇八—五〇九

座談の名手、作家たりえず（シャルリュスの才能をめぐって）

私がつねづね残念に思ったのは、シャルリュス氏が自分の芸術的才能を、義姉に贈るために扇子に絵を描いたり（すでに見たようにゲルマント公爵夫人がその扇子を手にとって広げたのは、それで自分をあおぐためというよりも、パラメード〔氏の愛称〕の友情をひけらかしてその扇子を自慢するためだった）、モレルのヴァイオリンの妙技に合わせてとちらず伴奏できるようピアノ演奏の腕を磨いたりすることだけに使っていたことで、すでに述べたようにかつて残念に思ったばかりか今でも残念に思うのは、シャルリュス氏がけっしてなにも書かなかったことである。もちろん私には、氏のおしゃべりが、いや氏の手紙までが雄弁だからといって、氏が才能ある作家になりえたという結論をひき出すことはできない。ふたつの能力はべつの次元のものだからである。ありきたりのことしか言わない退屈な話し手がつぎつぎと傑作をものし、座談の名手がいざ書こうとすると凡百の作家にも劣ることなど枚挙にいとまがない。

囚われの女 ⑪四六—四七

天才の「鏡のような働き」（作家ベルゴットについて）

天才的作品を生みだすのは、このうえなく優雅な環境で暮らし、もっとも華々しい話術やきわめて広範な教養を身につけた人たちではなく、自分のためのみに生きるのを突然やめて、自分の人格に鏡のような働きをさせる能力を獲得した人たちである。そうすることでその人生がそもそも社交的にみて、いや、ある意味では知的次元でみて限りなく凡庸であったとしても、その人生を鏡に映しだすことができる。けだし天才とは、このような映しだす能力にあるのであって、映しだされた光景に内在する美点にあるのではない。若きベルゴットが少年時代をすごした悪趣味なサロンとそこで兄弟たちと交わした冴えないおしゃべりとを読者の世界に見せることができた日に、本人は、自分よりはるかに才気にあふれ卓越した家族の友人たちより、ずっと高いところに上がった。その友人たちは、立派なロールス・ロイスに乗って家路につくとき、ベルゴット家の人びとの俗悪さにいささかの軽蔑を示すこともできるだろう。だがベルゴットは、ようやく「離陸」したばかりの自分のささやかな機体をあやつり、連中のはるか上空を飛んでいるのである。

スワン夫人 ③二八一―二八二

苦痛こそ小説家の条件（男娼館に通うシャルリュスについて）

私はこう思った、「シャルリュス氏が小説家や詩人でないのは、なんと残念なことだろう！ なにも氏に目にするものを描いてもらおうというわけではなく、シャルリュスのような人間が欲望と向きあうときに置かれる立場は、身辺にスキャンダルをひきおこし、人生を真剣に考えさせ快楽にも喜怒哀楽を込めさせて、ものごとの外面だけを皮肉に眺める観点にとどまることを妨げ、たえずその身に苦痛の激動を生じさせるからだ。男爵が愛の告白をするとほぼそのたびに、監獄行きの危険こそ免れるにしても、公然と侮辱を受けるのだから。」平手打ちでおこなわれるのは、子供たちの教育にかぎらない。詩人たちの教育もまた然りである。かりにシャルリュス氏が小説家であったなら、氏のためにジュピアンが整備したこの館は、いかなる魂胆の持主であるか街路では判然としない男に関わる危険をすくなくとも大幅に減少させてくれる点で(こう言うのも警察のガサ入れの危険は相変わらず存在していたからだ)、氏には不幸なことであったろう。

見出された時 ⑬三五四―三五五

「作品は、掘抜き井戸のようなもの」(最終篇の文学論より)

作品は、掘抜き井戸のようなもので、苦痛が心を深く穿てば穿つほど、ますます高く湧きあがる。

見出された時 ⑬五一六

真実には苦痛を伴う(同前)

真の人生を再創造し、印象を若返らせることは、たしかに大きな誘惑である。しかしそれにはありとあらゆる種類の勇気を、感傷に陥らない勇気をも必要とする。なぜならそれは自分自身が最も大切にしていた幻想を廃棄することであり、自分自身が丹念につくりあげてきたものの客観性を信じるのをやめることであり、「あの女はとてもやさしかった」と何度も何度もひとりごちていい気になるのではなく、そのことばの背後に「あの女を抱いて快楽をえた」という意味を読みとることだからである。このような恋の時間に私が感じていたことは、たしかにあらゆる男も感じていることだろう。だれもが感じていることではあるが、しかしそれはネガのようなもので、ランプに近づけないかぎり真っ黒にしか見えないし、また裏返しに見なければならない。その正体がなんなのか、知性の光に近づけないかぎりわからないのだ。知性の光がそれを照らしだし分析してはじめて、人は自分が感じたもののすがたを見分けることができるが、それにはなんという苦痛が伴うことだろう。

見出された時 ⑬四九二―四九三

文学・芸術の残酷な法則（同前）

ヴィクトル・ユゴーは言った。「草が生い茂り、子供たちが死ぬは、世のさだめ。」私は言おう、芸術の残酷な法則は、人間が死ぬことにあり、つまり、われわれ自身があらゆる苦しみを嘗めつくして死ぬことによって、忘却の草ではなく、永遠の生命をやどす草、豊穣な作品という草が生い茂ることにあり、その草のうえには何世代もの人びとがやって来て、その下に眠る人たちのことなど気にもかけず、陽気に「草上の昼食」(図17)を楽しむだろう、と。

見出された時 ⑭二八一

一冊の書物は「広大な墓地」(同前)

私にはアルベルチーヌを愛しく思ったり祖母を悼んだりするのに必要な回想の努力がもはやできないとはいえ、このふたりの知るはずのない芸術作品が、このふたりにとって、この哀れな死者たちの運命にとって、やはり完遂といえるのだろうかと疑問に思ったのである。祖母が断末魔の苦しみにあえいで死んでゆくのを、私はそばでなんと平然と眺めていたことだろう! ああ、そんな私など、

図17 エドゥアール・マネ『草上の昼食』(1863)

作品が完成した暁には、その償いとして手の施しようもなく傷つき、長きにわたって苦しみ、みなから見捨てられて死んでゆけばいいのだ！　もっとも私は、それほど親しくない人たち、どうでもいい人たちにたいしても、また多くの人たちの運命にたいしても、かぎりない同情を寄せていたが、私の思考は、その人たちを理解しようと努めながらも、結局はその人たちの苦しみや滑稽なところだけを利用していたのだ。私のためにさまざまな真実を明らかにしてくれた今は亡きこれらすべての人たちは、まるで私の役に立つしかなかった人生を生き、私のために死んだように思われた。〔……〕私がその人のなんらかのことばやまなざしを捉えて自分のものにしたのは、なにも祖母だけにかぎられるわけではなく、アルベルチーヌだけにかぎられるわけでもなく、他の大勢の人にたいしてもそうであるが、しかし私はもはや個々の人としてその人たちを想い出すことができない。一冊の書物とは広大な墓地なのか、大部分の墓石に記された名前はもはや消えてしまい判読することができない。ときには逆にはっきり名前を憶えている場合もあるが、しかしその名前の人のなにが本のなかに生き残ったのかは判然としない。目が深く窪んで声が間延びしたあの娘は、この墓場にいるのだろうか？　実際ここに眠っているのなら、どのあたりなのか、もはやわからない。そもそもこんなに多くの花が飾られているなかで、どうやって見つけだしたらいいのか？

見出された時 ⑬五〇四―五〇七

作家はいかに祖国に貢献できるか（同前）

バレス氏〔モーリス・バレス。プルーストと同時代の国家主義的な作家〕は戦争当初から、芸術家たる者は（この場合はティツィアーノのことだが）なによりも祖国の栄光のために奉仕すべきだと説いていた。しかし芸術家は、ひとえに芸術家としてしか、言い換えれば、科学上の法則や実験や発見と同じように、微妙な芸術の法則を研究し、芸術の実験を工夫し、芸術上の発見をするにあたり、目の前にある真実以外のことは――たとえ祖国のことであれ――考えないという条件でしか、祖国に奉仕できない。

見出された時 ⑬四七五

写実主義を自称する芸術のうそ偽り（同前）

この芸術〔写実主義を自称する芸術〕が嘘八百になってしまうのは、人生において自分の感じることにそれとはまるで異なる表現を与えていながら、しばらくするとそんな表現を現実そのものだと想いこんでしまうからである。いっとき私を混乱させたさまざまな文学理論、とりわけ批評家たちがドレフュス事件の際に展開して大戦中にふたたび援用した文学理論など、なんら気にかける必要はないと感じられた。この文学理論は、「芸術家を象牙の塔から外に出す」こと、軽薄でも感傷的でもない主題を扱うことを目標とし、大きな労働運動を描こうとし、大衆を描くのが無理なら、せめてくだらない有閑階級ではなく〔……〕、立派な知識人たちや英雄たちを描こうとしていた。そもそもこのような理論は、その論理的内容を検討するまでもなく、その理論の信奉者たちが劣っていることを証明するように私には思われる。たとえば立派なしつけを受けた子供が、ある家へ昼食に招待されて出かけたところ、その家の人たちが「私どもはすべてを打ち明けますの、率直な質《たち》ですから」などと言うのを聞けば、なにも言わずに実行される紛れもない善行よりもそれが道徳的に劣っていることを察知するのと同じである。真の芸術は、あれこれお題目を並べる必要などまったくなく、沈黙のうちに完成される。おまけにそんな理論を振りかざす人たちは、自分がばかにしてこきおろす手合いの表現と驚くほどよく似た出来合いの表現を使っている。〔……〕。さまざまな理論を盛りこんだ作品は、値札がついたままの商品のようなものだ。それでも値札なら価格を示すだけであるが、文学における論理的推論は文学の価値をひき下げてしまう。印象をつぎつぎとあらゆる段階を通過させたのちに定着させ、それを表現しようと努めるだけの力がないと、そのたびに人は理屈をこねる、つまり、あれこれと移ろうのだ。表現すべき現実は、いまや私が理解したように、主題の外観のうちにあるのではなく、その外観がなんら問題にならない深いところにあった。〔……〕なかには小説はもろもろの事物を映画のように羅列すべきだと言い募る者もいる。こんな考えほどばかげたものはない。そうした映画もどきのヴィジョンほど、われわれが現実に知覚したものから遠いものはないからである。

見出された時 ⑬四六一―四六三

詩情は根拠なき光景から生まれる（シャルリュスの同性愛をめぐって）

この手のことがら〔貴族の同性愛など〕はわれわれには無縁なものであるから、もっと身近な真実から詩情をひき出すべきだと主張する人たちもいて、もしこの説に根拠があるのなら、さきの異論〔作者が貴族の退廃ばかり糾弾〕よりもはるかに重大な異論となるだろう。きわめて卑近な現実からとり出された芸術はたしかに存在するし、そんな芸術の領域がいちばん広大なのかもしれない。それでもやはり、われわれが感じたり信じたりするいかなるものからも大きくかけ離れた思考形態に由来するがゆえにわれわれには理解すらできず、眼前に根拠なき光景としてあらわれるだけの行動からこそ、多大の関心が、ときには美が生まれることも事実である。ダレイオスの息子クセルクセスが、自軍の艦隊を呑みこんだ荒海を鞭打たせたという行為〔ヘロドトス『歴史』に拠る前四八〇年のギリシャ遠征の逸話〕ほどに詩的なものがほかにあるだろうか？

囚われの女 ⑩ 一〇四

「私」が書くべき書物（最終篇の文学論より）

人が暗闇のなかで生きている人生が明るみに出され、人がたえず歪めている人生があるがままの真実のすがたへひき戻され、要するに人生がひとつの書物のなかに実現される、そんなふうに感じられる今、私にとって人生はなんといっそう生きるに値するものと思われることだろう！　そんな書物を書くことのできる人はなんと幸せなことだろう！　と私は考えた。だがその人には、なんと辛い仕事が待っていることだろう！　それがどんな書物になるかの概略を示すには、このうえなく高次な多種多様な技術にたとえを借りる必要があるだろう。なぜならその書物の作家は、ひとりひとりの人物を描くにも、その人物の立体感を出すために、そもそも当人の相反する面を浮かびあがらせようとするから、自分の書物を、まるで攻撃の準備でもするように部隊をたえず再編成しながら綿密に準備しなければならず、まるで疲労に耐えるように耐え忍ばなければならず、まるで規則のように受け入れなければならず、まるで教会のように築かなければならず、まるで食餌療法のように従わなければならず、まるで障害のように乗り越えなければならず、まるで友情のように獲得しなければならず、まるで子供のように充分すぎる栄養を与えなければならず、まるで世界のように創造しなければならず、おまけに、おそらくべつの世界でしか説明されることのない神秘、その予感こそ人生と芸術においてわれわれを最も感動させるあの神秘をも、なおざりにしてはいけないからである。しかも、このような偉大な書物には、建築家の構想自体が壮大であるがゆえに、下書きしか用意する余裕がなく、おそらくけっして仕上がらない部分がいくつも残るだろう。なんと多くの大聖堂が未完成のままになっていることか！　作者はその書物を育み、その弱い部分を補強し、それを保護するが、やがて書物自身が成長し、作者の墓はこれだと指し示し、その墓を世間の風評から、そしてしばらくは忘却から守ってくれるのだ。

見出された時　⑭二六七―二六九

「私」は「顕微鏡」ではなく「望遠鏡」を使う（同前）

私がいずれ聖堂のなかに刻みつけたいと願うさまざまな真実の捉えかたに共感してくれた人たちでさえ、その真実を私が「顕微鏡」でのぞくように発見したと褒めたたえてくれたが、さまざまなことがらを知覚するのに使ったのはそれとは逆の「望遠鏡」であり、それらがたしかにきわめて小さく見えるのは、はるか遠くにあるからで、そのひとつひとつが実際には一個の世界なのだ。私が求めているのはさまざまな大法則であるのに、人びとは私が細部ばかりとり出していると言い張った。そもそも、私がそんなことをしたところでなんの役に立つだろう？

見出された時 ⑭二八七―二八八

芸術と芸術家

芸術の美は素材のなかにあるのではない（エルスチールの画業をめぐって）

芸術愛好家は、散歩中に出会ったらこんないささか品のない婦人からは目をそらし、自然が眼前に組み立ててくれる詩的画面からその婦人を排除するだろうが、しかしこの婦人も美しく、そのドレスは舟の帆布と同じ光を受けている。より貴重なものと、それ以下のものとがあるわけではない。ありふれたドレスと、それ自体が美しい帆布とは、同じ光の反映をうつす二つの鏡にほかならない。すべての価値は、画家のまなざしのなかに存在するのだ。　ゲルマント ⑦一七七―一七八

芸術家の独創性（生前は無名の作曲家ヴァントゥイユの七重奏曲を聴いて）

ヴァントゥイユは、並外れて深い天賦の才に加えて、音楽家はもとより画家でもめったに有していない才能、つまり、このうえなく安定し、かつきわめて個性的な色彩を用いる才能をも兼ね備えていたからで、その色彩の新鮮さは時が経過しても損なわれず、その色彩を発見した作曲家を真似る弟子たちも、その作曲家を凌駕する巨匠たちも、その色彩の独創性を薄めることはない。そうした色彩の出現がなしとげた革命の成果は、無名化してつぎの時代に吸収されてしまうことはけっしてないのだ。革命がおこり、新たに勃発するのは、永遠の変革者の作品が再演されるときにかぎられる。どの響きにも、どれほど博識の音楽家が習得したあらゆる法則をもってしても模倣できない色合いが映え、その結果ヴァントゥイユは、音楽の進化においてその時代の人として登場し、然るべきランクに位置づけられているにもかかわらず、その作品のひとつが演奏されるや否や、つねにそのランクを脱け出して先頭に立つのだ。　囚われの女 ⑪一四六

真の独創はそれを受容する後世をみずからつくる

ヴァントゥイユのソナタのなかでもっとも早く発見される美は、もっとも早く飽きられる美でもある。その原因もおそらく人生と共通しており、人びとがすでに知悉している美とさほど違わないからである。ところが、そのような美が遠ざかってようやくわれわれは、あまりにも斬新すぎて精神に当惑しか与えず、識別できないまま手つかずに残っていた楽節を愛するようになる。毎日それと気づかず前を通りすぎていた楽節が、そして美自体の力で見えないものとなってひそかに待機しつつ未知の状態にとどまっていた楽節が、ようやく最後になってわれわれのもとにやって来るのだ。おまけに別れるときもそれが最後になる。こうしてその楽節をほかの楽節より長く愛する結果になるのは、愛するまでに長い時間をかけたからにほかならない。ひとりの人間がすこしでも深遠な作品のなかに入り込もうとするときに必要になるこの余分な時間は――私の場合このソナタのために必要とした時間は――、一般の人が真に斬新な作品を愛するようになるまでに流れる数世紀にもわたる歳月の縮図であり、いわばその象徴なのである。それゆえ天賦の才に恵まれ、かつ大衆の無理解に苦しみたくない者は、同時代人には必要な距離が欠けているもので、あまり近くで見ると評価を誤るある種の絵画と同様、後世のために書かれた作品はやはり後世の人にのみ読まれるべきだと考えるかもしれない。しかし実際には、誤った評価を免れようとするこの手の意気地《いくじ》なき用心は、ことごとく無駄に終わる。誤った評価というものを避けることはできない。天才の作品がただちに賞讃されることが少ないのは、書いた人が非凡で、似たような人がほとんど存在しないからである。そこで天才の作品自体が、その天分を理解できる稀有な精神の種をまき、そうした精神を育て増やしてゆくほかない。ベートーヴェンの四重奏曲(一二番、一三番、一四番、一五番の四重奏曲)それ自体が、五十年の歳月をかけてベートーヴェンの四重奏曲の聴衆を生み出し、増やしてきたのであり、あらゆる傑作と同様、そのようにして芸術家たちの価値を進歩させたとはいわないまでも少なくともそれを受容する聴衆を進歩させたのである。その聴衆は、傑作が世に出たときには存在しなかったけれど、こんにちでは広くそれを理解できる人びとから成り立っている。人のいう後世とは、作品の後世である。だから作品それ自体が、みずからその後世をつくらなければならない(話を簡単にするため、同じ時代にさまざまな天才が同時進行で未来のためによりよい鑑賞者を用意し、その鑑賞者の恩恵をさらに他の天才たちが受けるという場合は今は考慮しない)。それゆえ、かりに作品が長らく秘蔵され後世になってはじめて知られるとしたら、その後世とはその作品にとっては後世ではなく、ただ五十年後に生きた同時代人の集まりにすぎない。そんなわけで芸術家は、みずからの作品にしかるべき道をたどらせようと願うなら——ヴァントゥイユがそうしたように——それを底知れぬところへ、はるかに遠い未来のただなかへ投げ出さなくてはならない。ところが、真に傑作が生まれるまでの来るべき時間を考慮に入れないのが判断力に欠ける人の過ちだとすると、それを考慮に入れる細心さもまた判断力を備えた人に危険を及ぼすことになる。たしかに人は、地平線上のあらゆるものが等距離に見えてしまう場合と同じ錯覚におちいり、これまで絵画や音楽の領域でおこったすべての革命はそれなりにある種の法則を尊重していたのにたいして、げんに眼前で進行中の印象派とか、不協和音の探求とか、シナ式音階だけの使用とか、立体派《キュービスム》とか、未来派《フュチュリスム》とかは、これまでの芸術とは根本的に異なるものと思い込みやすい。だがそれは、これまでの芸術をわれわれが長年にわたり消化吸収し、なるほど多様ではあるがつまるところわれわれには均質なものに変えてきた結果、〔十九世紀の〕ユゴーと〔十七世紀の〕モリエールが隣り合って見えるようになったという経緯を忘れているからである。

スワン夫人 ③二二八―二三一

芸術家の「祖国」（ヴァントゥイユの七重奏曲をめぐって）

この歌、ほかの人たちの歌とは異なり、本人のどの歌にも似通ったこの歌を、ヴァントゥイユはどこで学び、どこで聞いたのだろう？　そう考えると芸術家はだれしも、ある未知の祖国、自分でも忘れている祖国、いずれべつの偉大な芸術家がこの地上をめざしてそこから船出する祖国とは異なる、そんな祖国に住まう人かと思われる。〔……〕この失われた祖国を音楽家たちが想い出すことはないが、しかしどの音楽家も、つねに無意識のうちに、この祖国といわば同音《ユニゾン》を奏でるがごとき調和を保持している。どの音楽家も、おのが祖国に合わせて歌うときは歓喜に酔い、ときに栄光への欲望に駆られて祖国を裏切ることもあるが、その場合は栄光を求めるせいで栄光から遠ざかるほかなく、栄光はそれに見向きもしない場合にのみはじめて見出されるのだ。それができるのは音楽家が、どんな主題を扱おうともあの特異な歌を口ずさむときであり、その歌の単調さは――というのもどんな主題を扱おうとその歌はつねに同一だから――音楽家においてその魂を構成する諸要素がつねに同一である証拠なのだ。だがそうだとすると、この諸要素、つまりわれわれが自分自身のために保存しておかざるをえず、たとえ友人から友人へであろうと、師から弟子へであろうと、恋する男からその愛人へであろうと、会話では伝えることのできないこの現実的な残滓のすべて、つまり各人が感じたものを質的に区別してくれるが、ことばで他人と意思を通じあおうとすれば万人共通の些細な上っ面に話を限定するほかない以上、ことばの入口で置き去りにせざるをえないこの言いあらわしがたいもの、それをこそ芸術は、エルスチールの芸術と同じくヴァントゥイユの芸術は、われわれが個人と呼んではいるが芸術なくしてはけっして知ることのないさまざまな世界の内密な組成をスペクトルの色彩として顕在化させることによって、目に見えるようにしてくれるのではなかろうか？　もしもわれわれが翼を備え、べつの呼吸器官を身につけ、広大無辺の宇宙を飛行できるようになったとしても、そんなことはわれわれにはなんの役にも立つまい。というのも、たとえ火星や金星へ行ったとしても、われわれが同じ感覚を持ちつづけるかぎり、その感覚はわれわれが目にするあらゆるものに地球上のものと同じ外観をまとわせるにちがいないからである。ただひとつ正真正銘の旅、若返りのための唯一の水浴は、新たな風景を求めて旅立つことではなく、ほかの多くの目を持つこと、ひとりの他者の目で、いや数多くの他者の目で世界を見ること、それぞれの他者が見ている数多くの世界、その他者が構成している数多くの世界を見ることであろう。エルスチールを伴にすれば、ヴァントゥイユを伴にすれば、それと同等の芸術家たちを伴にすれば、われわれにはそれが可能になり、文字どおり星から星へと飛行できるのである。

囚われの女 ⑪一五二―一五五

芸術のおかげで「多数の世界」を見ることができる（最終篇の文学論より）

われわれは芸術によってのみ自分自身の外に出ることができ、この世界を他人がどのように見ているかを知ることができる。他人の見ている世界は、われわれの見ている世界と同じものではなく、その景色もまた、芸術がなければ月の景色と同じようにわれわれには未知のままにとどまるだろう。芸術のおかげでわれわれは、自分の世界というただひとつの世界を見るのではなく、多数の世界を見ることができ、独創的な芸術家が数多く存在すればそれと同じ数だけの世界を自分のものにできる。これらの世界は、無限のかなたを回転するさまざまな星の世界よりもはるかに相互に異なる世界であり、その光の出てくる源がレンブラントと呼ばれようとフェルメールと呼ばれようと、その光源が消えて何世紀も経ったあとでも、なおもわれわれに特殊な光を送ってくれるのである。

芸術の評価を変える「時間」

趣味のいい人たちは、現在、ルノワールは十八世紀の大画家だと言う。しかしそう言うとき、人びとは「時間」の介在を忘れている。ルノワールが、十九世紀のさなかでさえ、大画家として認められるのにどれほど多くの時間を要したかを忘れているのである。そのように認められるのに、独創的な画家や芸術家は、眼科医と同じ方法をとる。絵画や散文によるその療法は、かならずしも快くはないが、治療が終わると、それを施した者は「さあ見てごらんなさい」と言う。すると世界は(一度だけ創造されたのではなく、独創的な芸術家があらわれるたびに何度も創造し直される)、昔の世界とはまるで異なるすがたであらわれ、すっかり明瞭に見える。通りを歩く女たちも昔の女とは違って見えるが、それはルノワールの描く女だからであり、昔はそんなものは女ではないと言われていたルノワールの描いた女だからにほかならない。馬車もルノワールの描いたものだし、水も空も同様である。われわれは、その画を最初に見たときには、どうしても森にだけは思えず、たとえばさまざまな色合いを含んではいるが森に固有の色合いだけは欠けたタピスリーに思えたものだが、そんな森と今やそっくりの森を散歩したい欲求に駆られる。創造されたばかりの新たな世界、しかしやがて滅びる世界とは、このようなものである。この世界は、さらに独創的な新しい画家や作家がつぎの地殻の大変動をひきおこすまでつづくだろう。

ゲルマント ⑥三四一―三四二

芸術家とは「不幸な人間」(最終篇の文学論より)

芸術家とは、意地の悪い人間であるというよりも、むしろ不幸な人間なのだ。自分自身の恋の情熱となると、その情熱の普遍性をよく承知していながら、その情熱がひきおこす個人的苦痛をなかなか克服することができない。われわれは無礼な男から侮辱されると、もちろん褒めてくれたほうがありがたいと思うし、とりわけ大好きな女に裏切られると、そんな事態にならないためならすべてをなげうったのにと思うだろう！ ところが侮辱を受けたことによる怨恨や捨てられた苦痛は、そんな目に遭わなければけっして知る機会のない秘境であり、その発見は、人間としてはどれほど辛いことであろうと、芸術家としては貴重なものになる。

見出された時 ⑬五〇三

悲嘆こそ芸術に不可欠(同前)

肉体にとって健康にいいのは、幸福だけだ〔……〕。しかし精神の力を強化してくれるのは悲嘆である。そもそも悲嘆は、そのたびにある法則を発見させてはくれなくとも、そのたびに習慣や懐疑や軽薄や無関心という雑草をひき抜いてわれわれを真実へとひき戻し、ものごとを真剣に考えるよう強いるから、やはり必要不可欠なものなのだ。もとよりこの真実は、幸福や健康とは両立しないし、生命とも両立するとはかぎらない。悲嘆は人を殺してしまうこともある。われわれは新たにあまりにも強烈な苦痛に襲われるたびに、静脈がさらに浮きあがり、命取りになりかねないその筋がこめかみや目の下を蛇行するのを感じる。かくして世間の人が笑い者にしていたあの年老いたレンブラントやベートーヴェンの荒《すさ》んだ恐ろしい顔が、すこしずつできあがる。かりに心の苦痛がなければ、目の下のたるみや額のしわなど、もちろんどうということはない。しかし、さまざまな力はべつの力へ変わりうるものである以上、持続する熱意は光となり雷《いかずち》の電光は撮影まで可能にする以上、またわれわれが心に秘かに感じる鈍い苦痛は、新たな悲嘆が訪れるたびに、その苦痛のうえにまるで旗のようにいつでも目につくイメージを掲げてくれる以上、悲嘆がもたらす精神的認識のために、その悲嘆が与える肉体的苦痛を受け入れよう。そして自分の肉体は崩壊するに任せよう。なぜなら悲嘆のたびに肉体から新たに分離する小片は、今度は光かがやく解読可能なものとなり、もっと才能に恵まれたほかの作家なら必要としない苦痛とひき換えに作品につけ加わって作品を補い、心の動揺がこちらの生命をぼろぼろにするにつれ作品をますます堅牢にするからである。

見出された時 ⑬五一一—五一三

芸術家の孤独（画家エルスチールについて）

たしかに当初はエルスチールも、たとえ孤独のさなかにあっても、自分を正しく評価してくれなかったり自分の気持を傷つけたりした人たちに、遠くから自分の作品を届けて語りかけ、この作品でならもっと高く評価してもらえるだろうと考えることに喜びを感じていたにちがいない。そのころは、他人への無関心ではなく、むしろ他人への愛情からひとりで生きていたといえるかもしれない。私がジルベルトに会うのを断念したとき、いつかもっと愛されるすがたで戻って来ようと心に期したように、エルスチールもある人たちのもとに戻るつもりでその人たちのために自分の作品を描いたのであり、その人たちはたとえ自分に会わずとも作品を通じて自分を愛し賞讃してくれ、自分の話をしてくれるだろうと考えたにちがいない。たとえ病人であれ修道士であれ芸術家であれ英雄であれ、そもそもなにかを断ち切る決意をするのはその人の従来の心であるうえ、その影響がまだわが身に及ばない当初はかならずしも全面的な断念ではない。しかしエルスチールがある人たちのために作品を制作しようと考えたとしても、それを制作しているあいだはそんな人とのつき合いを離れて無関心となり、自分自身のために生きていたはずだ。孤独の実践が孤独への愛を生んだのである。

花咲く乙女 ④四〇四—四〇五

芸術家の偶像崇拝（同前）

ある日エルスチールは、その理想が自分の外のある女性の肉体のなかに体現されているのに気づいた。のちにエルスチール夫人となる女性の肉体であり、画家はその女性のうちに——自分ではないものにしか見出しえない——この理想を、崇むべきもの、胸を打つもの、神聖なものとして見出すことができたのである。そもそもそんな「美」のうえに唇を重ねることができるとは、なんと心の安まることだろう！　なにしろそれまでは自己から抽出するのにあれほど苦労した美が、いまや秘儀の力のおかげで肉体をまとい、霊験あらたかな一連の聖体拝領のためにわが身を差し出してくれるのだから。この時期のエルスチールは、思考の力だけで理想を実現できると期待する、第一の青年期をすでに脱していた。エルスチールが当時迎えつつあった年齢では、精神の力を鼓舞するために肉体の満足を当てにするようになり、精神の疲労のせいで物質主義へと傾くようになり、活動が減退して外部の影響を受動的に受けるようになるため、もしかすると理想をごく自然に実現してくれるある種の特権的な肉体や技巧やリズムがあるのだから、たとえ天才に恵まれずとも、ある肩の動きやある首の緊張具合を写しとるだけで傑作がつくれるのではないかと考えるようになる。それは、われわれが自分の外の身近に存在する、あるタピスリーとか、骨董屋で見つけたティツィアーノの美しい素描とか、そのティツィアーノの素描と同じほどに美しい愛人とかのなかに「美」を見出し、それを目で愛撫するのを好むようになる年齢である。このことを悟ってからは、私はエルスチール夫人を見ると歓びを覚えずにはいられなかったし、夫人の肉体はその鈍重さをいくぶん喪失した。私が夫人の肉体をある想念、つまり夫人は非物質の女性でありエルスチールの描いた肖像であるという想念で満たしたからである。夫人は、私にとって一点の肖像画となり、おそらくエルスチールにとってもそうだったにちがいない。人生の素材など、芸術家にはものの数ではなく、おのが天分をさらけ出す機会にすぎない。エルスチールの描いた異なる人物の肖像画を十点ほどつぎつぎ眺めてみると、それがなによりもエルスチールのものだと感じられる。ただし、この天分の上げ潮が人生を覆いつくす時期が終わり頭脳が疲れてくると、すこしずつ均衡が崩れ、満ち潮が逆流したあとで元の流れをとり戻す川のように、ふたたび人生が優位に立つ。ところが上げ潮の時期がつづいているあいだに芸術家は、意識せざるおのが天賦の才の法則、というか方式をすこしずつとり出していたのである。その結果、小説家ならどんな状況が、画家ならどんな風景が、自分に素材を提供してくれるかを心得るようになる。それ自体はくだらない素材でも、実験室やアトリエのように自分の探求には欠かせない素材なのである。傑作をものしたときの素材が、和らげられた光の効果だったとか、過ちの概念に変更を迫るほどの改悛《かいしゅん》の情だったとか、彫像のように木陰でポーズをとらせたり水になかば浸からせたりした女たちだったとか、それを覚えているのだ。やがて頭脳が消耗し、自分の天分が駆使していたそんな素材を前にしても、作品を生み出しうる唯一のものたる知的努力をはらう気力の湧かない日がやって来るだろう。それでも以前のままにそんな素材を探し求めるだろう。それが仕事の端緒として心に呼び覚ましてくれる精神的歓びゆえに、そのそばにいるのが嬉しいからである。おまけにそんな素材をいわば盲信するようになり、まるでその素材自体がほかのものより優れていて、その素材のなかにはすでに芸術作品の大半がいわば出来合いのものとして潜在するかのように考えるようになり、自分のモデルを訪ねたり崇拝したりする以上のことはやらなくなる。悔い改めた殺人犯たちといつまでもおしゃべりをするのも、その改悛と再生をかつて自作の小説の主題としたからである。別荘を買うときには、靄《もや》が出て光が和らげられる土地を選ぶようになる。水浴する女たちを眺めて長い時間をすごすようになる。さまざまな美しい布地を集めるようにもなる。こんなふうに人生に美を求めるという意味を欠いたことをするのは、芸術の手前の段階、かつてスワンがそこにとどまるのを私が目撃した段階である。かのエルスチールといえども、創造する天分が減退するせいで、おのが天分に寄与したさまざまな形を偶像として崇拝するせいで、できるだけ努力を惜しもうとするせいで、いつかそこへすこしずつ後退してゆくのである。

花咲く乙女 ④四五〇―四五三

読者

読書中の人は自分自身の読者である（最終篇の文学論より）

作家が「わが読者」と言うのは、序文や献辞という不誠実なことばを使うときの慣習にとらわれているにすぎない。実際には、ひとりひとりの読者は、本を読んでいるときには自分自身の読者なのである。作家の書いた本は、それなくしては読者が自分自身のうちに見ることのできないものを識別できるよう、作家が読者に提供する一種の光学器械にほかならない。書物の語っていることを読者が自分自身の内部に認めるという事実は、その書物が真実を語っている証拠であろう。その逆もまた成り立つが、それはある程度までにすぎない。なぜなら作者と読者がつくるふたつのテキストのあいだに齟齬が生じるのは、たいてい作者ではなく読者のせいだからである。おまけに書物が一般の読者にはあまりにも学問的だったり難解だったりして、まるで曇ったレンズしか与えられなかったみたいに、読むのさえままならないこともある。しかしべつの特殊な事情（たとえば倒錯）のせいで、きちんと読むためにはある種の読みかたをしなければならないこともある。作者はそんな読みかたをされても腹を立てるべきではなく、それどころか読者にはこう言って最大限の自由を残してやるべきだろう、「どれならよく見えるか自分で確かめてごらん、このレンズがいいのか、それともこちらのレンズのほうがいいのか、それともべつのレンズのほうがいいのかと。」

見出された時 ⑬五二一―五二二

批評

作家と批評家（最終篇の文学論より）

才能の実体は普遍的な財産、収穫であり、その存在はなによりも思考や文体というういわべの流儀の下に隠れているものによって確認しなければならないのに、批評はこのうわべの流儀だけに目をとめて作家を格付けする。なんら新しいメッセージをもたらさない作家でも、自分に先立つ流派にたいする軽蔑さえ断乎たる口調で表明すれば、批評はこの作家を予言者に祭りあげる。このような血迷ったことを言うのは批評の常態であるから、作家はむしろ大衆によって評価されるほうを望むべきだろう（芸術家が大衆には知るよしもない探求の領域で試みたことを大衆が理解するのは不可能でないと仮定しての話であるが）。なぜなら大作家の本能は、自他ともに認める判事である批評家たちの浅薄な駄弁やころころ変わる基準などよりも、大衆の本能的生活のほうに似ているからである。けだし大作家の才能とは、その余のものすべてが沈黙を強いられるさなか、敬虔に聞きとどけられ、完璧に仕上げられ、理解されるに至った本能にほかならない。批評家たちの戯《ざ》れ言《ごと》は、十年ごとに新しくなる〔……〕。かくしてもろもろの党派や流派がつぎつぎあらわれ、それに飛びつくのはいつも同じ輩、つまりまあまあの知性の持主たちで、いつも夢中になってのぼせあがる。しかし気むずかしく入念に確証を求める人たちはそんな狂騒に浮かれることがない。

見出された時 ⑬**四八六—四八七**

批評家と公爵夫人に共通する逆説（夫人の「才気」をめぐって）

どの世代の批評家もそれ以前の世代の批評家たちが認めていた真実とひたすら正反対のことを言おうとするように、ゲルマント公爵夫人が、フロベールはブルジョワを敵視したけれど本人がなによりもブルジョワだとか、ワーグナーのなかにはイタリア音楽がずいぶん流れこんでいるとか言うだけで、それを聞いた〔パルム〕大公妃には、嵐のなかを泳ぐ人みたいに、たえず斬新なものに晒される代償として見たこともない地平があらわれるのだが、それはあいも変わらず曖昧模糊としている。そもそもパルム大公妃が仰天させられたのは、芸術作品にかんする逆説にとどまらず、公爵夫人と共通の知人たちや社交上の振る舞いにかんしても逆説を聞かされたからである。ゲルマント夫人のさまざまな人物評につねづねパルム大公妃が驚かされた原因のひとつは、もとより大公妃が、正真正銘のゲルマント家の才気とその才気のうわべだけの模倣とを区別できなかった点にあった(そのせいで大公妃は、ゲルマント家の何人かの紳士やとりわけ淑女を当初きわめて知的に優れた人物だと信じていたのに、あとで薄笑いをうかべた公爵夫人から、あんなのはただの間抜けだと聞かされて当惑した)。しかし原因はもうひとつあって、世間の人よりも書物に詳しく、社交界よりも文学のほうに通じていたこの時期の私は、芸術における創作と批評との関係に通じるものが社交における真の活動と無為不毛との関係にも認められ、公爵夫人は、社交生活を生きる一方で、理屈屋にありがちな変幻きわまりない観点や不健全な精神的渇きを自分のまわりの人たちに適用したのだと考えて納得した。そんな理屈屋は、あまりにも干からびたおのが精神を潤すために、なにごとにも少しでも新しい逆説を探し求め、〔……〕渇きを癒してくれる逆説を臆面もなく主張するのである。

ゲルマント ⑦二七五―二七六

芸術の理論や流派

忙しい時代にふさわしいのはテンポの速い芸術だと言われたこともあるが、この説も、未来の戦争は二週間以上つづくことはありえないとか、乗合馬車の時代にはなじみであった片隅は鉄道の発達によってさびれるが、やがて自動車によって見直されるだろうとかいった言い草となんら変わらない。聴衆の注意力がつづかないような音楽はいけないと声高に主張されたこともあるが、じつは人間には多種多様な注意力が備わっていて、人間のもっとも高度な注意力を呼び醒ませるかどうかは、ほかでもない芸術家の腕しだいなのだ。こんなことを言うのも、凡庸な文章なら十行読んだだけで疲れてあくびをする人たちが、毎年あきもせずバイロイトまで旅をして『四部作』〔ワーグナー『ニーベルングの指環』〕を聴いているからである。もっとも、一時的にせよ、ドビュッシーがマスネと同様の脆弱な作曲家とみなされ、メリザンド〔一九〇二年初演のドビュッシー作曲『ペレアスとメリザンド』のヒロイン〕の身震いがマノン〔一八八四年初演のマスネ作曲『マノン』のヒロイン〕の身震いのランクにまで評価を落とす日もやって来るにちがいない。なぜならさまざまな理論や流派というのは、細菌や血球と同じで、たがいに相手を食い合い、その闘争によって生命を維持するものだからである。

ソドムとゴモラ ⑧四八〇

「私」がアルベルチーヌに語る文学論（恋人と同居中に）

「偉大な文学者たちはただひとつの作品しかつくらなかった、というか、自分がこの世にもたらすただひとつの同じ美を多様な環境を通じて屈折させただけだ〔……〕。ヴァントゥイユの場合のように、そこに同一性が存在することを示してあげるよ。あのいくつかの典型的なフレーズは、きみもぼくと同じように気づきはじめたと思うけど、ソナタのなかでも、七重奏曲のなかでも、ほかの曲のなかでも、いつも同じなんだ。〔……〕スタンダールでは、ある種の高所の自覚が精神生活と結びついているんだ、ジュリアン・ソレル〔『赤と黒』の主人公〕が囚われの身となる高い場所とか、ファブリス（『パルムの僧院』の主人公）がその高みに幽閉される塔とか、ブラネス神父がそこで占星術にいそしみ、ファブリスがそこからすばらしい眺望に一瞥を投げる鐘塔とかのようにね。きみはフェルメールの画をいくつか見たと言っていたね、それならわかってくれるだろうが、その画はどれも同じひとつの世界の断片なのだ、どんな天賦の才によって再創造されていようと、それはつねに同じテーブルであり、同じ絨毯であり、同じ女性であり、同じ新たな唯一無二の美であって、それを描かれた同様の主題で結びつけようとするのではなく、その色彩が醸しだす特殊な印象を抽出しようとすると、それに似たものはなにひとつなく、それを説明するものはなにもない、当時はまるで謎の美だったんだ。いいかい、この新たな美は、ドストエフスキーのあらゆる作品でもつねに同一なんだよ。ドストエフスキーの女性は（レンブラントの描く女性と同じく独特で）、つねに謎めいた顔をしていて、その愛想のいい美しさが、それまでの善良さはまるでお芝居だったみたいに、突然、手に負えない傲慢さに変わってしまうところも（といっても結局、どちらかといえば善良な女性のように思われるけど）、つねに同じ女性ではなかろうか。」

囚われの女 ⑪四二一―四二六

「十九世紀の偉大な作品」に関する「私」の批評

私は、いかにこれらの（ワーグナーの）作品がつねに――みごとなまでに――不完全であるという性格を分かち持っているかに想いを馳せた。これは十九世紀の偉大な作品のいずれにも当てはまる性格で、十九世紀の最も偉大な作家たちは、おのが書物の完成には失敗したものの、あたかも自分がつくり手であると同時に裁き手であるかのように、仕事をする自分自身を見つめ、その自己観照から、作品の外にあって作品を超えたひとつの新たな美をひき出し、作品には備わらない統一と偉大さを回顧的にその作品に付与したのである。自分が書いてきた多くの小説があとで『人間喜劇』になると気づいた人〔バルザック〕や、ばらばらの詩や評論を『諸世紀の伝説』や『人類の聖書』と名づけた人〔ミシュレ〕たちに拘泥するわけではないが、最後に挙げたミシュレなどは、みごとに十九世紀を体現する作家であり、その最大の美点は、その著作自体のなかに求めるべきではなく、ミシュレが自作と向き合った態度に求めるべきであり、言い換えると『フランス史』や『フランス革命史』それ自体ではなく、作者がこの二作につけた序文に求めるべきだと言えるのではないか? 序文、つまりその二作よりあとに書かれた文章において、ミシュレは自作をうち眺め、序文のあちこちに、通常「あえて言えば」ではじまる文言を書き加えなければならないことに気づくが、この「あえて言えば」は学者の周到な配慮ではなく、音楽家のリズムを整える区切りなのだ。もうひとりの音楽家、いま私を魅了している音楽家ワーグナーも、引き出しからすばらしい曲の一節をとり出し、それを作曲したときには考えてもいなかった作品のなかに、あとで必要になった主題《テーマ》としてそれを組みいれ、さらに神話に基づく最初のオペラを作曲したあと、ついで第二の、ついで第三の、第四のオペラとつくるうち、自分が四部作をつくりあげたことに気がつき、いくぶんバルザックと同じように有頂天になったにちがいない。バルザックもまた、書いてきた作品群に、他人としての一瞥と同時に作品の生みの親としての一瞥を投げかけ、こちらにはラファエロふうの純粋さを見出し、あちらには福音書のような素朴さを認めるといった具合に、その作品群にふと回顧的照明を当てたとき、突然、それらをひとつにまとめ、同じ人物たちが再登場する連作にすればもっとすばらしいものになると気づいて有頂天になり、そのつなぎとして、おのが作品群に仕上げのひと筆、最後の至高のひと筆を振るったのだ。あとから生じた統一、まがいものではない統一である。そうでない統一であれば、凡庸な作家たちがやたらに表題や副題をつけて唯一の超越的目的を追求してきたように見せかける体系化と同じく、たちまち灰燼に帰したことであろう。まがいものではない統一、あとから生じたものであるだけに、つまり、もはや合体するほかない多様な作品のあいだに統一が発見されたときの感激の瞬間から生まれたものであるだけに、いっそう現実的とさえ言える統一、そうとは意識されていなかったがゆえに命のかよう統一、理屈ではない統一、多様性を排したり制作の熱意を冷ましたりすることのない統一である。それは、あるテーゼを人為的に展開する必要に迫られたがゆえの統一ではなく、ある霊感から生まれた統一であって、個別に作曲されていた一節が、あとでほかの作品に組みこまれる（ただし今度はその統一が多くの作品全体に適用される）統一である。

囚われの女 ⑩三五七―三六〇

マルセル・プルースト（1921）

おわりに

『失われた時を求めて』の全訳を終えた二〇一九年頃、作中に出てくる人生と社会をめぐる箴言や、比喩を駆使した自然描写などを抜粋して「名文選」をつくりたいと考えた。フランスで出版された選文集の多くが、各篇ごとに有名な箇所を抜粋したものか、断章の主題を辞書のようにアルファベット順に並べたもので、意に染まなかったからである（前者の例として *Morceaux choisis de Marcel Proust*, Les Cahiers Marcel Proust, nº 3, 1942, Gallimard や、ウェブサイト marcel-proust.com にアップされた作成中の抜粋など。後者の例として Pauline Newman-Gordon, *Dictionnaire des idées dans l'œuvre de Marcel Proust*, Mouton, 1968; Pierre Assouline, *Proust par lui-même*, « Texto » Tallandier, 2019 など）。編者として数年来の構想がようやく実現し、これに優る喜びはない。

『失われた時を求めて』にはプルースト独自の感性あふれる自然描写が頻出する。その見事な一例は、雨の降りはじめを描いたつぎの一節だろう。「小さな音が窓ガラスにして、なにか当たった気配がしたが、つづいて、ばらばらと軽く、まるで砂粒が上の窓から落ちてきたのかと思うと、やがて落下は広がり、ならされ、一定のリズムを帯びて、流れだし、よく響く音楽となり、数えきれない粒があたり一面をおおうと、それは雨だった」(本書一二七頁)。第一印象の「小さな音」が、やがて「広がり」、ついで「よく響く音楽」となり、最後に「雨だ」という認識にいたる過程の刻一刻が、その場で耳を澄ませているかのように伝わってくる。

このような詩的断章のなかでも、サンザシの花の描写や、地名から想起される夢想などには、いっそう大掛かりな比喩が駆使されている。こうした比喩の根拠については、べつの機会に分析したこともあり、あえて解説を付していない。読者がそれぞれ好みの断章を選び、自由に想像力をはたらかせることが、プルーストの詩的散文の魅力を満喫してもらえる近道ではないかと考えたからである。

人生と社会をめぐるプルーストの箴言は、恋愛にせよ、友情にせよ、社交にせよ、悲観的なものが多い。これでは人生の指針とすべき明るい展望が拓けないと感じた人もいることだろう。しかし作家の鋭敏すぎる感性と知性は、自身をふくむ人間と社会の虚妄を見つめ、その真実を暴き出さずにはいられなかったと考えるべきだろう。『失われた時を求めて』に記された真実はたしかに冷酷なものであるが、人生と社会で遭遇する困難と悲運を生きてゆくための勇気を与えてくれる認識でもあると、筆者は信じている。

本書に配置された箴言や詩的断章や芸術論は、もとより編者の主観で選んだものである。プルーストの愛読者なら、各主題に関するべつの適切な断章を選ぶこともできるだろう。あるいは旅やファッションなどべつの主題の抜粋も作成できるだろう。はじめて『失われた時を求めて』に接した人は、プルーストの複雑きわまりない思考回路に面食らったかもしれない。とはいえ先入観にとらわれず、虚心にゆっくり読みすすめれば、当初は奇異に感じられた回路のなかに、ことの真相に迫らんとする作家の精神のありようが見えてくるはずである。もちろん登場人物の発言の抜粋など、理解しにくい箇所が少なからず存在したかもしれない。その場合は、この名文選をきっかけにして、『失われた時を求めて』の本文を最初からじっくり読んでいただけると嬉しい。プルーストの大作は、難解な文学として敬遠されがちであるが、実際には人生と人間心理の機微に触れることのできる、崇高さと滑稽さの入り混じったきわめて面白い小説だからである。

本書の構想から章立てや校正にいたるすべての過程で、岩波文庫版『失われた時を求めて』の担当編集者であった清水愛理さんに、とりわけ貴重なアドバイスをいただいた。製作部の市川敬祐さんは、編集者と協力して瀟洒な本に仕上げてくださった。企画化にあたり、編集部の上田麻里さんと西澤昭方さんのお世話にもなった。これらのかたがたに深く感謝する。

吉川一義

二〇二四年夏

図版一覧

【扉絵】

第Ⅰ章　「怒らせる」プルーストと「怒った」アーン：Philippe Sollers, *L'œil de Proust*, Stock, 1999, p. 66.

第Ⅱ章　馬に乗る男：Marcel Proust, *Lettres à Reynaldo Hahn*, 1956, Gallimard, p. 159.

第Ⅲ章　一輪の花に擬して描かれた女性：Philippe Sollers, *op. cit.*, p. 152.

第Ⅳ章　リテール夫人の肖像：*Ibid.*, p. 62.

第Ⅴ章　荒れた海に乗りだす４艘のヨット：Marcel Proust, *op. cit.*, p. 135.

第Ⅵ章　ドルドレヒトの教会：*Ibid.*, p. 70.

第Ⅶ章　鳥に擬されたレーナルド・アーン：Philippe Sollers, *op. cit.*, p. 39.

第Ⅷ章　ホイッスラーの描いたカーライル：Marcel Proust, *op. cit.*, p. 163; *Whistler 1834–1903*, catalogue d'exposition au musée d'Orsay, RMN, 1995, p. 145.

【本文の記述についての参考図版】

図１(34 頁)　ジェームズ・ティソ『ロワイヤル通りクラブ』(1868)：*L'Illustration*, 80e année, 10 juin 1922, p. 551.

図２(36 頁)　フェルメール『デルフトの眺望』(1660–61)：*Johannes Vermeer*, sous la direction d'Arthur K. Wheelock Jr., Flammarion, 1995, p. 121.

図３(40 頁)　溺れた人への蘇生処置：*Larousse du XXe siècle*, t. 5, 1932, p. 135.

図４(123 頁)　ノルマンディーの小鉄道(ドゥコーヴィル)(1910 頃)：Françoise Dutour, Marisa Quaglia, *Cabourg: des origines à 1930*, Cabourg, Cahiers du temps, 2011, p. 156.

図５(134 頁)　カプチン会修道士の晴雨計：Musée des Arts et Métiers.

ⓒ Météo-France.

図 6（139 頁）　ホイッスラーの署名：*James McNeill Whistler: sa vie et son œuvre*, traduit et adapté de l'ouvrage original d'E. et J. Pennell, Hachette, 1913, page de titre.

図 7（140 頁）　瓶胴《びんどう》：*Larousse du XXe siècle*, t. 1, 1928, p. 1024.

図 8（150 頁）　クロード・モネ『睡蓮』（ボストン美術館，1905）：Daniel Wildenstein, *Monet: catalogue raisonné*, Taschen, 1996, t. IV, n° 1671.

図 9（150 頁）　クロード・モネ『睡蓮』（マルモッタン美術館，1907）：*Ibid.*, n° 1714.

図 10（165 頁）　アミアン大聖堂の四つ葉レリーフ：Émile Mâle, *L'Art religieux du XIIIe siècle en France*, Ernest Leroux, 1898, p. 95–97.

図 11（167 頁）　エドゥアール・マネ『アスパラガスの束』（1880）：*Les Figures d'Elstir. Proust et le peintre*, catalogue d'exposition à l'Abbaye aux Dames, Caen, 1993, p. 47.

図 12（169 頁）　ヴァンドーム広場の塔とリッツ・ホテル：編訳者所蔵の絵葉書.

図 13（169 頁）　エドフ神殿の塔門：*Larousse du XXe siècle*, t. 5, 1932, p. 857.

図 14（169 頁）　コンコルド広場のオベリスク：*Ibid.*, t. 5, p. 149.

図 15（174 頁）　ニコラ・プッサン『フローラの王国』（1630–31）：Paul Desjardins, *Poussin*, Laurens, « Les grands artistes », 1903, p. 13.

図 16（175 頁）　ノルマンディー地方とブルターニュ地方：編集部作成.

図 17（236 頁）　エドゥアール・マネ『草上の昼食』（1863）：*Manet, 1832–1883*, catalogue d'exposition au Grand Palais, RMN, 1983, p. 167.

【その他】

44 頁　エドゥアール・ヴュイヤール『食卓の母と娘』（1891–92）：*Édouard Vuillard, 1868–1940*, Musée des beaux-arts de Montréal / National Gallery of Art, 2003, p. 136

60 頁　フェリックス・ヴァロットン『嘘』（1897）：『フェリックス・ヴァロットン版画集』三菱一号館美術館監修，阿部出版，2014, p. 159.

69 頁　ジャン＝エミール・ラブールール『花咲く乙女たちのかげに』の挿絵（1946）：Marcel Proust, *À l'ombre des jeunes filles en fleurs*, NRF, 1946, t. I, frontispice; reproduit dans Emily Eells & Elyane Dezon-Jones, *Illustrer Proust: l'art du repeint*, Sorbonne Université Presses, 2022, p. 182.

101 頁　エドガー・ドガ『ふたりの女』（1879 頃）：*Degas*, catalogue d'exposition au Grand Palais, RMN, 1988, p. 301.

107 頁　マドレーヌ・ルメール『五時——画家のサロンにおけるおやつの会』（1891）：Emily Eells & Elyane Dezon-Jones, *op. cit.*, p. 27.

114 頁　パリの爆撃（1918）：Christophe Dutrône, *Feu sur Paris !: L'Histoire vraie de la Grosse Bertha*, Éditions Pierre de Taillac, 2012, p. 55.

189 頁　ジャン・ベロー『水の流れのままに（夢の国）』（1894）：Patrick Offenstadt, *Jean Béraud 1849–1935: La Belle Époque, une époque rêvée*, Taschen, 1999, p. 274.

264 頁　マルセル・プルースト（1921）：André Maurois, *Le Monde de Marcel Proust*, Hachette, 1960, p. 74.

【表紙・カバー図版】

表紙表　一輪の花に擬して描かれた女性：Philippe Sollers, *op. cit.*, p. 152. 本書第Ⅲ章扉絵と解説（p. 63–64）参照 .

表紙裏　ホイッスラーの描いたカーライル：Marcel Proust, *op. cit.*, p. 163. 本書第Ⅷ章扉絵と解説（p. 221–222）参照 .

カバー表（上）　クジャクの図（草稿帳に記されたプルーストのデッサン）：Philippe Sollers, *op. cit.*, p. 114.

カバー表（下）　ドルドレヒトの教会：Marcel Proust, *op. cit.*, p. 70. 本書第Ⅵ章扉絵と解説（p. 157–158）参照 .

カバー裏　鳥に擬されたレーナルド・アーン：Philippe Sollers, *op. cit.*, p. 39. 本書第Ⅶ章扉絵と解説（p. 183–184）参照 .

カバー背　傘をもつ婦人（草稿帳に記されたプルーストのデッサン）：*Ibid.*, p. 112.

マルセル・プルースト(1871–1922)
パリに生まれ，同地に没す．父親はパリ大学医学部教授．母親は裕福で教養ゆたかなユダヤ人．パリ大学文学部卒．正業につかず，主として親の遺産で暮らす．早くから文学に志し，初期の文集『楽しみと日々』(1896)の刊行や未完の小説『ジャン・サントゥイユ』の執筆(1895–1899頃)，ジョン・ラスキンの翻訳『アミアンの聖書』(1904)および『胡麻と百合』(1906)，物語体評論『サント＝ブーヴに反論する』(1908–1910頃)などを経て，全7篇の長篇小説『失われた時を求めて』(1913–1927)を執筆(第5篇以降は死後出版)．

吉川一義
1948年，大阪市生まれ．東京大学大学院博士課程満期退学．パリ・ソルボンヌ大学博士．京都大学名誉教授．
著書に，『プルースト美術館』(筑摩書房)，『プルーストと絵画』(岩波書店)，*Proust et l'art pictural*(Champion)，*Relire, repenser Proust*(Collège de France)，『『失われた時を求めて』への招待』(岩波新書)，共編著に，『ディコ仏和辞典』(白水社)，訳書に，プルースト『失われた時を求めて』(全14巻，岩波文庫)など．

『失われた時を求めて』名文選　マルセル・プルースト

2024年9月6日　第1刷発行

編訳者　吉川一義《よしかわかずよし》

発行者　坂本政謙

発行所　株式会社 岩波書店
〒101-8002 東京都千代田区一ツ橋2-5-5
電話案内 03-5210-4000
https://www.iwanami.co.jp/

印刷・理想社　カバー・半七印刷　製本・松岳社

ISBN 978-4-00-022246-4　Printed in Japan